KB266259

어린 나를 키우는
마음으로

어린 나를 키우는 마음으로

1판 1쇄 인쇄 2026. 4. 7.
1판 1쇄 발행 2026. 4. 20.

지은이 김나무

발행인 박강휘
편집 김은하   디자인 진정성   마케팅 김민준   홍보 이한솔
발행처 김영사
등록 1979년 5월 17일 (제406-2003-036호)
주소 경기도 파주시 문발로 197(문발동) 우편번호 10881
전화 마케팅부 031)955-3100, 편집부 031)955-3200 | 팩스 031)955-3111

값은 뒤표지에 있습니다.
ISBN 979-11-7332-610-3 02810

홈페이지 www.gimmyoung.com   블로그 blog.naver.com/gybook
인스타그램 instagram.com/gimmyoung   이메일 bestbook@gimmyoung.com

이 책의 본문은 '을유1945' 서체를 사용했습니다.
좋은 독자가 좋은 책을 만듭니다.
김영사는 독자 여러분의 의견에 항상 귀 기울이고 있습니다.

어린 나를 키우는
마음으로

김나무
지음

매일매일
자라는
새로운 사랑

김영사

프롤로그: 하고 싶은 말

살다 보면 아주 슬픈 날도 아주 아픈 날도 있겠지.

사람들은 모두 다르게 태어났고 서로 다른 생각을 해.
그리고 세상일은 자주 불공평하단다.

그래도 세상을 비웃거나 미워해선 안 돼.
다른 사람들을 항상 존경해야 해.

엄마도 아기였단다.

아직도 스스로 키운단다.
너에게 해주고 싶은 말들은
나에게 이미 해주었던 말들이야.

자기 자신에게 늘 좋은 말을 해주렴.

차례

빵 생각 최고

빵 생각 최고

임산부
셀프 면죄
끝!
잘 먹겠습니다
얌

!!

그렇게 빵을
딱 한 입밖에 못 먹은 날
아기가 태어났다.

계속 빵 생각을 했다.

분만실에서도

수술실에서도

병실에서도

나는 불안해지면 곧잘 안 좋은 상상을 하는데
빵 덕분에 아기를 낳으며 빵 상상을 했다.

빵처럼 보들보들하고 귀여운 아기가 나왔다.
불안에 집중하지 않았더니 어떻게든 되었다.

탄생과 죽음

2024년 1월 5일 이른 아침에 아기가 태어났다.

아기를 낳기 전날 오후에는 친구와 통화를 길게 했고 저녁에는 빵을 잔뜩 배달시켰다. 평범한 하루였다. 배달된 빵을 먹는 중에 아래에 뭔가 고이는 느낌이 났다. 화장실에서 확인하니 팬티에 피가 주먹만큼 묻어 있었다. 배는 아프지 않았기 때문에 이걸로 병원에 가면 유난 아닐까 생각하면서도 출산 예정일이 한 달밖에 남지 않았으니 유난 좀 떨어도 괜찮겠지 싶어 병원으로 향했다.

병원에 도착하니 간호사들이 분주하게 굴었다. 오늘 아기를 낳아야 한단다. 배에 붙인 작은 장치들과 연결된 기계에서 쿵쿵하고 기계 잡음이 섞인 아기 심장 소리가 들려왔다. 아기를 배 안에 넣고 다니는 동안에는 함께 있는데도 함께 있는 것 같지가 않았는데 기계로 아기의 심장 소리를 들으면서는 확실히 우리가 함께라는 걸 느꼈다. 겨우 기계로 연결되었을 뿐인데. 나는 임신해 있는 동안 태동을 느끼거나 몸의 모양이 바뀌고 호르몬의 영향을 받는 등 임신하지 않았다면 경험하지 않았을 몸의 변화를 겪었다. 그런데도 기계가 들려주는 심장 소리가 없으면 내 안에 아기가 있다고 믿기 어려웠다. 아기는 확실히 내 뱃속에 있는데 볼 수도 만질 수도 없어서 믿기지 않는, 그저 믿어야 하는 존재였다.

아기는 예정보다 일찍 태어나게 되었다. 나는 아기에게 한 시간이라도 더 있다 나오라고 마음속으로 속삭이다가도 배가 너무 아파지면 그냥 의사가 빨리 아기를 꺼내주면 좋겠다고 생각하기를 반복하면서 몇 시간을 보냈다. 모든 일이 아주 빠르게 진행되었고 정신을 차리니 수술대 위였다. 곧 마취를 하겠다는 목소리가 들렸다. 그 순간 걱정이 밀려왔다. '아기가 잘못되면 어떡하지?' 그리고 기억이 끊겼다.

　예정된 날에 여유 있게 아기를 낳으러 갔다면 얼마나 걱정하고 얼마나 긴장했을까. 나는 걱정이 많은 사람인데 얼렁뚱땅 정신없는 중에 출산을 하느라 양껏 걱정하지 못해 다행이었다. 회복실에서 의식과 함께 걱정도 돌아왔다. 나는 곁에 있는 간호사에게 "아기는 건강해요?" 하고 제일 먼저 물었다. 질문하면서도 속으로 '우와 이 말을 진짜로 하다니'라고 생각했다. 간호사는 내 질문에는 대답하지 않고 수술 후 마취에서 깨어난 환자의 회복 상태를 확인하는 기계적인 질문만을 반복했다. 그러면 안 되는데 대충 네, 네 하고 대답했다. 급하게 수술하느라 낳고서 품에 한번 안아보지도 못한 아기의 얼굴이 궁금했다. 나는 다시 한번 "아기는 건강해요?" 하고 물었다. 정말로 궁금했다. 남산만 했던 배가 쑥 들어갔는데도 보이지 않는 아기는 여전히 믿기지 않는 존재였다. 간호사는 같은 질문을 두 번 더 했고 나는 또 네, 네 했다. 그제야 "아기는 건강해요"라는 대답을 들을 수 있었다.

　병실에 누워 반나절을 보낸 뒤 몸을 추슬러 아기

를 보러 갔다. 빨갛고 조글조글했다. 그날 태어난 아기가 많아서 부모의 아기 면회가 잠시 중단되었다. 혹시 모를 감염을 예방하기 위해서라고 했다. 나와 배우자는 갓 태어난 아기를 신생아실 유리창 너머로만 바라봐야 했다. 신기했다. 이제 눈앞에 보이는 아기는 완전히 믿을 수 있는 존재였다. 유리창 너머에 아기가 있었다. 그동안은 볼 수도 만질 수도 없다는 이유로 내 뱃속에 있는데도 아기의 존재를 의심했었다. 이런 엄마를 아랑곳하지 않고 씩씩하게 자기 몸을 불려 세상 밖으로 나온 아기는 내가 상상하던 모습 그대로였다. 아기는 조용하고 따뜻하게 지내던 자궁에서 난데없이 빠져나와 혼란스럽다는 표정을 하고 있었다. 빨갛고 조글조글해서 작은 할아버지 같았다. 배우자는 "아기가 완벽해"라고 말했다.

2023년 초봄, 외할머니가 돌아가셨다.
외할아버지는 2003년에 돌아가셨다. 그럼 엄마는 이제 고아가 된 건가? 하는 생각을, 장례식장으로 가는 전철 안에서 했다. 사전을 찾아보니 고아는

‘부모를 여의거나 부모에게 버림받아 몸 붙일 곳이 없는 아이’라고 한다. ‘몸 붙일 곳이 없는 아이’라니. 부모에게 버림받은 적 없으니 엄마는 고아는 아니구나, 하고 결론지었다.

시신을 염하는 자리에서 엄마는 외할머니의 창백한 얼굴을 어루만지며 “엄마 고마워, 엄마 사랑해” 하면서 눈물을 흘렸다. 엄마는 버림받은 적 없고 몸 붙일 곳이 없는 것도 아니지만 부모를 여의었고, 몸을 붙이고 싶은 사람이 있다면 할머니였는데 이제 원하는 그 사람에게는 몸 붙일 수 없게 되었다. “엄마 고마워, 엄마 사랑해”라고 말하는 엄마는 작은 아이 같았다. 그래서 나는 다시 ‘엄마는 고아가 된 건가?’ 하고 생각했다.

장례가 끝나고 서울로 올라가는 나와 배우자를 배웅하면서 엄마는 씩씩하게 웃었다.

“얘들아, 오느라 고생했어. 고마워. 조심히 올라가.”

금세 우리의 어깨를 토닥이는 사람은 “엄마, 엄마” 하고 울던, 돌아가신 외할머니의 작은 아이가 아니었다. 나를 낳아서 기른 엄마였다. 궁금해졌다. 나

도 엄마가 돌아가실 때 "엄마, 엄마" 하고 울면서 엄마를 끌어안을까?

　나의 아기는 언젠가 엄마를 여의고 우는 내 모습을 바라볼 것이다. 아기의 아기도 언젠가 나를 잃고 우는 아기의 모습을 바라볼 것이다. 아기는 눈물을 다 그치고 나면 자기가 낳은 아기의 어깨를 도닥이면서 조심해서 집으로 돌아가라고 말하겠지. 슬프고 기쁜, 사랑하는 사람들의 일. 반드시 이별이 예정되어 있기에 있는 힘껏 더 사랑하게 된다. 마치 죽음이 사랑에게 힘내라며 등을 가볍게 밀어주는 것만 같다. 가족의 죽음과 남겨진 사랑. 눈물바다 속에서 아기들이 엄마를 찾으며 우는 모습을 상상했지만 슬프지는 않았다. 고아거나 고아가 아니거나 따뜻한 눈물바다, 죽음에 부드럽게 떠밀려 온 사랑이 아기들이 살아가는 일을 도와줄 것이다. 그 덕에 아기였던 내가 어른이 되었고, 태어날 아기에게 그 사실을 알려줄 수 있게 되었다. 집으로 돌아가는 전철 안에서 이제 아기를 낳아도 괜찮겠다고 생각했다.

　응급 수술로 아기를 낳았기 때문에 아기가 태어나는 순간에 대한 기억이 없다. 자궁에서 꺼낸 아기의 궁둥이를 퉁퉁 때렸을 의사와 간호사. 겨우 첫 숨을 쉬고 얼굴이 빨개져서 우는 아기. 그런 모습은 상상해야만 한다. 첫 숨.

　내가 마지막 숨을 쉴 때는 어떨까. 아기는 또 얼굴이 빨개져서 울까. 그건 볼 수 있을까. 나는 외할머니의 죽음을 보면서 아기를 낳을 결심을 했는데 갓 태어난 아기를 보면서는 나의 죽음을 상상했다.

　출산 며칠 뒤 처음으로 안아본 아기는 작고 가벼웠다. 먹고사는 일, 내 욕망, 더 이해하려는 노력을 포기하고 싶은 마음, 더 어려운 일을 감당하고 싶지 않은 마음을 앞세우느라 두려워했던 아기였다. 정말이지 작고 가벼웠다.

깜빡하셨군요

* 안 울어도 응애라고 한다.

어느 날 밤에는
아기가 '흑흑흑…'
하면서 잠꼬대를 했다.

3개월 된 아기가
흑흑거리는 걸 듣고 있으니
왠지 나도 좀 슬퍼서 울었다.

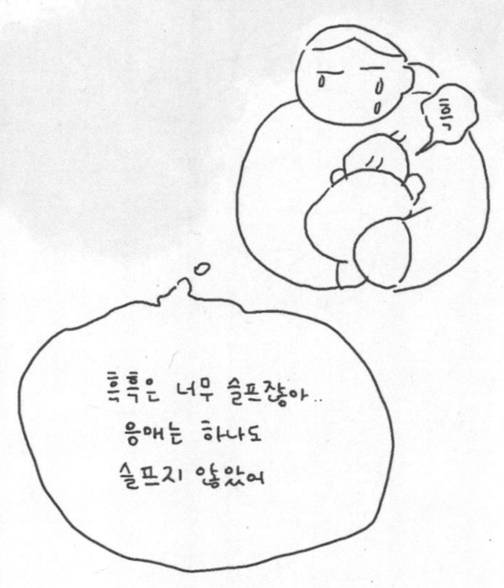

응애 ..
음..

응애 하는 걸
잠시 깜빡 하셨었군요
응애..
참 내
귀여워라

근육으로 하는 일

아기는 코에 코딱지가 생겨도, 자기 코를 파는 방법을 몰라서 코딱지를 달랑달랑 달고 다닌다. 나는 코딱지를 빼주고 나면 항상 고민한다. 이걸 지금 버려야 하나? 그 코딱지를 바로 버릴 수가 없었다. 미친 건가? 코딱지가 귀했다. 이걸 어떻게 그냥 휴지에 싸서 버리나? 내 귀엽고 지저분하고 깨끗한 아기가 열심히 만든 코딱지.

똥은 코딱지처럼 귀엽게 여길 수는 없다. 그냥 똥이다. 냄새도 처음부터 지독했다. 신생아 시절에는 유통기한이 조금 지난 요거트 냄새 같은 게 났는데 조금이나마 귀여운 건 그때뿐이었다. 똥이 잔뜩 묻은 아기의 엉덩이를 닦아주고 기저귀를 갈아줄 때면 매번 코를 틀어막고 싶은 심정이었다. 그래도 다른 사람의 똥을 아무렇지 않게 치우고 닦아줄 수 있는 사람이 되었다. 심지어 '똥을 쌌구나!' 하고 기뻐하면서 치우고 닦는 사람이.

아기는 우유를 배불리 마시고 나면 엄마도 마시라며 젖병을 내 입에 가져다 댄다. 내가 대충 마시는 시늉을 하면 살짝 웃다가 내가 안 먹은 걸 어떻게 알고 젖병을 다시 내 입에 가져다 댄다. 가끔은 공갈 젖꼭지도 한번 물어보라며 건네준다. 나는 충치가 옮을까 봐 쪽쪽 빠는 시늉만 하고 돌려준다. 아기는 밥을 먹다가 기분이 좋아지면 내 팔을 자기 얼굴 쪽으로 가져간다. 안아달라는 뜻이다. 우리는 밥을 먹다 말고 몇 번씩 서로 껴안는다. 꼭 안아주면 아기는 기뻐서 발을 동동 구른다. 짧은 다리를 공중에 휘적거리는 게 귀엽다. 작은 사람의 귀여움이란 정말 대단하다.

아기였던 나도 이렇게 귀여웠을까? 궁금해졌다. 독립하면서 어린 시절 사진을 가지고 나오지 않아서 오랜만에 부모님 댁에 들렀을 때 어린 내 얼굴을 찾아보았다. 어린 나는 작은 내 아기와 닮았다. 그게 좋았다. 그다음에는 좀 슬퍼졌는데 한 살씩 나이를 먹으면서 어린 내가 웃지 않거나 혹은 억지로 웃고 있어서 그랬다. 어린 나는 어떤 웃음이 아이답게 귀여운 웃음인지 알지 못하는 아이처럼 보였다.

나와 함께 사진을 보았던 남편은 며칠 뒤 "그 애에게 좋은 말을 해주고 싶어"라는 문자를 보내왔다. "잘 살아남고 대단한 사람이 되었네" 하는 문자가 이어서 왔다.

내 인생에 들어온 이 작고 아름다운 존재를 보면 매일 행복하지만, 그 행복과 맞바꾼 것이 결코 사소하지는 않다. 친구들과 자유롭게 만나거나 목적 없이 하는 산책은 이제 철저한 계획 후에나 가능한 일이 되었다. 즉흥적으로 떠나는 여행, 새벽까지 전혀 생산적이지 않은 일에 실컷 시간 낭비를 하다가 아침 늦게 일어나기, 그리고 술과 담배는 이제 전생에나 즐기던 취미처럼 느껴진다. 아기를 깨우기 위해 새벽 여섯 시에 일어나고 다음 날 일찍 기상하기 위

해 자정이 넘기 전에 잠이 드는 생활을 처음 시작했을 때는 정말이지 앞으로 이걸 어떻게 해나가야 하나 막막했는데 이제는 익숙해졌다. 아침 일찍 일어나는 생활을 이렇게 오랫동안 할 수 있으리라고는 여태껏 상상하지 못했다.

이전에 없던 가족 구성원, 달라진 생활 패턴, 임신과 출산으로 바뀐 내 모습, 형편없어진 체력. 너무 많이 변한 인생에 적응하느라 나는 정신이 없는데 아기는 아랑곳하지 않는다. 타고난 사랑스러움을 이용해 자신을 보살피도록 우리를 이끌 뿐이다. 나는 이것저것 따질 겨를 없이 아기가 원하는 생활로 내던져졌다. 나의 의지 약간과 아기의 의지 대부분이 섞인 하루. 그래도 모르는 곳으로 휩쓸려 가지 않으려 애쓰며 유지하는 이 하루하루를 좋아한다. 사라져 가는 나를 기쁘게 배웅한다. 예상해 본 적 없는 방식으로 좋아하는 나.

내가 잘 살아남아 이 아기를 키울 수 있어 다행이다.

아기의 한 시절 귀여운 모습을 사랑하기는 쉽겠지만 긴 시간 같은 마음으로 사랑하려면 어려운 시절도 견뎌야겠지. 어느새 다른 사람이 내 인생을 훌쩍 비집고 들어오는 일에 이렇게 관대해졌다. 어떻게 웃는 게 좋은지 알지 못할 정도로 사는 게 쉽지 않았는데, 다른 사람의 사는 일을 돕고 있다.

출산 후 시력이 크게 나빠져서 많은 것이 잘 보이지 않게 되었다. 하지만 사랑으로 눈을 맞출 때 기뻐하는 아기의 얼굴만큼은 또렷하게 보인다. 많은 사람이 사랑에 대해 말하지만 똑바로 사랑하기란 정말이지 쉽지 않다. 사랑의 또 다른 실체는 근육이 아닐까. 반복해서 실천하고 지속할 수 있어야 하고 그러는 중에 원칙을 지켜야 하니 근육이 없다면 어려울 일이다. 지금은 이렇게 말하지만 나는 근육과 물리력이 인생에서 얼마나 중요한지를 자주 무시하는 사람이었다. 아기를 낳고 몸을 많이 움직여야 하는 생활을 하지 않았다면 계속 무시했을지도 모른다. 예상해 본 적 없는 사람을 통해 알 수 있는 것도 있다. 나는 아기를 키우고 아기는 나를 키운다.

만난 지 얼마 되지 않은, 알았던 적 없는 우리인데 아기에게서 나의 모습을, 배우자의 모습을 본다.

그러면 만난 지 1년밖에 되지 않은 아기라도 이미
오래전부터 알고 있던 친구 같은 느낌이 든다. 나 자
신에게 좋은 말을 해주면서, 이 아기에게도 좋은 말
을 해주고 싶다. 근육을 키우기 위해 운동을 하러 나
간다.

키워줘야 해

키워줘야 해

막 태어난 아기는
믿을 수 없을 정도로
혼자 할 수 있는 일이 없다.

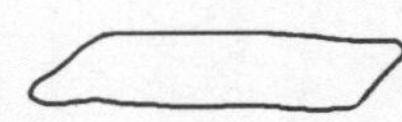

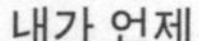

내가 언제
이렇게 커서
아기를 낳았지?

엄마
어린아이인
척하면 안 돼
나를 키워야지
나는 혼자 할 수 있는
일이 없어

나중에 나도
네가 언제
이렇게 컸지?
하고 말하려면
엄마가
키워줘야 돼

응애

똥 쌌어?
응가 닦으러
가자

화나지 않은 고질라

임신 중 병원에 갔을 때 딱 한 번, 갓 태어난 아기가
침대 카트에 실려 이동하는 모습을 본 적이 있다. 아
기는 내가 상상해 왔던 것보다 훨씬 작았다. '어떡
해, 미숙아인가 봐. 너무 작다…' 그로부터 한 달 후
내 아기가 미숙아로 태어났다. 아기는 40주를 채우
지 못하고 35주 만에 태어났지만 다행히 정상 체중
이었다. 그래도 너무 작았다. 그때 알았다. 갓 태어
난 아기는 정말 작구나.

아기를 낳을 때쯤 영화 〈고질라〉 시리즈를 보았
다. 고질라가 개미만 한 인간들을 밟아 죽이고 빌딩
들을 때려 부술 때 이제 곧 엄마가 될 내가 그렇게
될까 봐 걱정했던 기억이 난다. 나도 고질라처럼 거

대한 덩치(자아 혹은 몸 어느 쪽이든)로 작고 섬세한 것
들을 피할 줄 몰라 이것저것 다 망칠 수도 있다고 생
각하니 긴장이 되었다. 아기는 나에 비해 너무나 작
고 가볍고 약했다. 나는 (아기에 비해) 크고 강했다.

하지만 영화 속에서 고질라의 발에 밟히는 가여
운 사람들과 무차별적으로 부서지고 무너지는 건물
들을 보면서 그들 역시도 나인 것만 같았다. 어린 내
가 떠올라서 그랬다. 예고도 없이 나타난 거대한 존
재가 쏟아내는 폭력이나 폭언 앞에서 무력하게 수
없이 부서졌던 어린 나.

나의 두려움은, 대개 피해자가 가해자가 되어 가
정폭력이 대대로 이어진다는 여러 사례를 보며 느
낀 공포에서 비롯되었다. 그렇게 강렬한 경험을 인
생에서 되풀이하지 않을 수 있을지 자신이 없었다.

아기들은 어린 시절을 언제부터, 얼마나 기억할
까? 아기를 안고 놀이기구 태우듯 몸을 이리저리 움
직여 주면 깔깔거리며 즐거워 어쩔 줄을 모른다. 아
기가 너무 즐거워하니 힘을 내서 놀아주기는 하는
데 팔도 허리도 아프다. 그래도 아기가 즐거워하니

까 애써본다. 아빠가 어린 나를 안아 들고 비행기를 태워주던 때 내가 얼마나 신나고 즐거웠는지를 떠올리면서. 그때는 아빠가 나를 너무도 가뿐히 들었기에 아빠가 힘들 거라는 생각을 하지 못했다. 나는 아빠보다 훨씬 작고, 아빠는 나보다 훨씬 크니까. 내가 즐거워서 웃을 때 아빠도 웃고 있었으니까. 하지만 힘들었겠지. 아무리 작은 아기라도 그런 장난을 칠 만큼 몸을 가누는 나이라면 10킬로그램은 넘었을 테니까. 계속 그렇게 놀아달라고 조르면 결국 어느 시점에는 아빠도 "아빠 힘들어" 하면서 손사래를 치며 자리에 앉았다. 나는 그게 거짓말인 줄 알았다. 아빠는 절대로 힘들지 않은 줄 알았다. 나보다 훨씬 큰 어른이니까.

부모에게 맞은 기억도 그들이 나를 위해 노력한 기억만큼 많다. 1990년대까지도 심한 욕을 듣거나 매를 맞으면서 자라는 애들이 많았다. 매 학년마다 나는 몽둥이로 맞는데 우리 오빠는 골프채로 맞는다든가 하는 무시무시한 얘기를 무용담처럼 늘어놓는 애들이 꼭 있었다. 누구 엄마가 제일 무섭게 때리는지, 누구 엄마가 욕쟁이인지도 이야깃거리였다. 그러면서도 그게 얼마나 큰 공포인지 다들 알고 있었다. 부모를 정해서 태어날 수 없으니 주어진 환경에 납득한 것뿐이었을 테다. 공포를 이야깃거리로 만드는 허세를 부리면서. 집에서 매일 봐야 하는 무서운 부모에 비하면 고질라는 영화 속에서만 볼 수 있는 귀여운 존재처럼 느껴진다.

내가 어린이였던 시절에는 개인용 컴퓨터 보급이 느렸고 인터넷은 소수만 즐길 수 있는 문화였다. 어린 시절부터 온라인 세상을 통해 현실의 시시비비와 잘잘못을 가릴 수 있는 지금과 달리 당시 가정에서 부모의 존재감과 지도력(그것이 옳든 그르든)은 엄청났다. 아이들에게는 믿는 것 외에 방법이 없었다.

하지만 누구 엄마 아빠가 때리지 않고 다정한지도 아이들은 서로 알고 있었다. 흔하지 않았지만 그래서 부러워했다. 누가 맞지 않으면서 자라는지, 심한 말을 듣지 않으면서 자라는지 알기는 어렵지 않았다. 그런 애들은 얼굴만 봐도 티가 났으니까. 어린 애들끼리도 다 알았다.

아기는 이제 한 살이 되었는데도 대부분의 생활을 나에게 의지한다. 아기의 하루는 시작부터 끝까지 내가 올바르게 개입하지 않으면 무난하게 흘러가지 않는다. 아기의 배변을 돕고 끼니와 간식을 챙기고 정해진 시간과 장소에 낮잠을 재우고 심심하지 않도록 놀아주면서 발달 과정에 생기는 지적, 신체적 욕구를 충족시킨다. 마침내 저녁이 되어 아기가 눈을 비비며 내 품을 파고들 때, 그렇게 안겨 안심한 표정으로 새근새근 잠들 때, 잠든 아기의 앞머리가 땀에 젖어 고소한 냄새가 날 때 이렇게 기꺼이 내 자유를 내어주면서 다른 인간과 부지런히 연결되는 경험을 할 수 있음에 감격한다. 약자를 존중하는 마음이 없을 때 나보다 작고 힘없는 존재에게 폭력을 저지르기란 얼마나 쉬운지. 그러니 그저 괴수일 뿐인 고질라가 폭력을 저지르는 부모보다 더 낫게 느껴지기도 하는 것이다.

힘과 덩치를 잘 쓰는 방법이 무얼까 열심히 고민한다. 아기를 들어 비행기를 태워주는 일은 내가 아기보다 힘이 세고 몸이 커서 가능한 좋은 일 중 하

나다. 힘을 올바르게 쓰는 것도 애써서 해야 하는 일
이다. 나는 화가 나지 않은 고질라가 된 기분으로 산
다. 망치지 말아야지. 힘이 있으면 올바르게 써야지.

　어떤 불운이나 행운은 우연히 정해진다. 폭력 속
에서 자랄 수도 있고 어떤 폭력도 알지 못한 채 자
랄 수도 있다. 무엇이 평화인지, 무엇이 누군가를 해
치는 일인지 알지 못할 수도 있다. 그래도 알기 위해
노력할 수는 있다. 노력조차 불가능하다면 어딘가에
비는 마음으로라도 살 수 있다. 무사하게 해주세요.
해치지 않게 해주세요. 비록 내가 속에 폭력을 숨긴
괴수 같은 존재라 해도 그 힘이 필요한 때 필요한 곳
에만 쓰이고 실수는 최소한으로만 하기를 바라면서.

우리 집에 행운이 있어

내가 할게
아니 아니 내가 할게
그리고 나 방금 엄청난 사실을 깨달아서
설거지는 이제 중요하지 않다
뭔데?

우리 집에
매기가 있어!
저쪽 방에서 자고 있어

진짜
귀여운데 우리
집에 있어!
?
행운이다 행운
너무 좋아

장기 투숙객

평생 호텔에서 일하지 않기를 선택하는 사람들이 많아졌다. 호텔에서 일하더라도 '장기 투숙객'은 받지 않겠다는 사람도 부쩍 늘었다. 장기 투숙객 관리는 여성 노동자에게 많은 책임이 요구되는 까닭에 최근 많은 여성이 호텔에서 일하며 장기 투숙객을 받는 일을 꺼리게 되었다.

나는 호텔에서 일하기를 선택한 사람이다. 이전에 묵었던 호텔에서 직접 목격한 바에 의하면 호텔 일은 너무나 고되고 화가 나는 일이었다. 나 역시 그 일을 선택하지 않겠다고 다짐한 순간이 많았다. 그런데 이상하게도 종종 떠나온 호텔을 생각하면 그곳으로 돌아가고 싶다는 생각을 했다. 어떻게 해도 절대 돌아가고 싶은 마음이 들지 않는 사람도 있을 것이다. 나는 그렇지는 않았다.

떠나오기 전까지 내가 오래 머문 호텔은 비가 자주 내리는 동네에 있어 좀 어두침침했다. 방이 아주 많았는데 많은 방의 문이 열리지 않은 채로 잠겨 있었다. 가끔 로비의 커다란 창으로 햇살이 아주 밝게 들어오는 날이 있었다. 달콤한 도넛을 배가 터지도록 먹을 수 있는 날이 있었다. 직원들은 나에게 퉁명스러웠지만 또 어떤 날에는 친절했다. 나는 그 친절함을 믿었다. 그들은 내 방 침구를 항상 깨끗하게 유지했고 깨끗한 옷을 준비해 주었다. 식사를 준비하지 않은 날이 없었다. 그들이 나에게 좀 더 상냥하기를 바라는 마음이 있었지만 그들의 기복 없는 한결같은 노고에 감탄했고 감사했다.

태어나 보니 그 호텔에서 살고 있어서 나는 호텔 직원들의 존재를 아주 당연하게 여겼다. 그들의 존재하고 있음이 나의 생존과 같았으므로 그들을 몹시 사랑했다. 그들은 귀한 손님인 나에게 문제가 생길까 봐 가능한 한 나를 호텔 안에 머물도록 했다. 호텔에 머무는 긴 시간 동안 문 닫힌 많은 방에 모두 들어가 보고 싶었지만 어떤 문들은 절대로 열리지 않았다. 결국 햇살 좋은 날이나 도넛 먹는 날만을 기다릴 수밖에 없었다. 어두침침하던 실내 곳곳에 햇살이 내려앉으면, 내가 어른이 될 때는 어느 호텔에서 일을 하게 될까 기대하면서 상상 속 호텔을 돌아다니기도 했다. 그러던 어느 날 나는 그 호텔을 완전히 떠났다.

떠나온 호텔로 돌아가고 싶어도 돌아가지 않는 편이 나았다. 좋았던 기억들이 있어도 돌아가면 같은 이유로 다시 괴로울 것이다. 종종 떠오르는 따뜻한 느낌이 그리웠지만 또 어떤 느낌은 그립지 않았다.

어린 나는 내가 일하게 될, 내가 꾸며나갈 나의 호텔을 기대했다. 우중충한 호텔에서 오래 지냈으니 호텔은 이제 지겹다고, 호텔과 상관없는 인생을 살겠다고는 생각하지 않았다. 그 기대감은 오늘 저녁에 맛보게 될 새로운 도넛 같은 것이었다. 호텔에서 지내는 생활이 좋았다. 하지만 이미 떠나온 곳으로는 돌아가지 않겠다고 결심했기 때문에 앞으로 지낼 새로운 호텔을 찾았다.

　우리 호텔은 얼마 전 장기 투숙객을 받았다. 사실 언젠가 장기 투숙객을 맞이하게 될지도 모른다는 막연한 상상을 했기 때문에 조금씩 준비를 해왔다. 처음부터 비가 자주 내리지 않는, 밝은 위치의 호텔을 찾아 헤맸다. 내가 정말 장기 투숙객과 지낼 자격이 있는 사람인지 여러 차례 살폈다(여러 과정 중 가장 괴로운 일이었다). 모든 방문이 활짝 열릴 수 있도록 열쇠들을 녹슬지 않게 잘 관리했고 햇빛이 가득 들어올 창문을 깨끗하게 닦았다. 그리고 나와 함께 지내기에 알맞은 영혼을 가진 동료 매니저를 구했다. 동료 없이 씩씩하게 혼자 호텔을 운영해 나가는 이들도 있다. 장기 투숙객은 인생에 드물게 찾아오는 귀한 손님이므로 준비해 둔 게 없다 해도 우선 손님을 맞은 후에 현실과 부딪치며 하루하루를 헤쳐나가는 직원들도 있다. 내가 이전에 지냈던 호텔의 직원들이 그랬다. 내 체력과 스트레스 관리 능력은 턱없이 부족했기 때문에 맨몸으로 부딪히며 해나가는 방식으로는 일할 수 없었다.

그렇게 찾아온 '오래 지낼 손님'은 너무나 아름답고 할 줄 아는 것이 아무것도 없었다. 대화도 통하지 않았고 자신을 돌보거나 지키거나 필요한 것을 구하는 방법도 알지 못했다. 우리는 손님을 위해 매일 깨끗한 옷을 준비하고 알맞은 영양소를 갖춘, 알맞게 조리된 음식을 매 끼니 제공했다. 손님이 심심하지는 않은지, 지내는 데 불편함은 없는지, 짜증을 내면 무엇 때문인지 매 순간을 살폈다. 똥과 오줌을 치워주었다. 손님이 아프면 병원에 데려가 약을 먹였다. 토하고 놀라서 우는 손님을 깨끗이 씻기고 토닥여서 달랜 다음 눕혀 재웠다.

아무것도 할 줄 모르던 손님은 어느 날부턴가 나와 동료의 존재를 소중하게 여기는 마음을 표현했다. 작은 손으로 내 어깨를 토닥여 주었고 작은 머리를 가만히 기대어 사랑하는 마음을 보여주었다. 이 손님은 내게 돈 한 푼 쥐여주지 않는데도, 일방적으로 내게 의지하기만 하는데도, 손님이 내게 조금만 잘해주면 호텔 직원으로서 무엇이든 하겠다는 다짐을 하며 사명감에 불타올랐다. 정말이지 호텔과 손님의 마법이었다. 손님이 너무 아름다운 까닭일까? 어째서 세상은 이다지도 아름다운 것에 마음을 온통 내어주도록 되어 있을까?

소박하지만 깨끗한 침구, 신선한 재료로 만든 정성 가득한 식사, 손님을 즐겁게 하기 위한 공부, 호텔을 운영하기 위해 돈을 버는 일, 이 모든 의무를 빠짐없이 이행하는 동시에 그 일을 하는 자신을 돌보기까지 전부 해내려면 하루가 턱없이 부족하다. 그런데도 손님의 미소를 보면서 기계처럼 열심히 일한다. 나보다 먼저 호텔에서 장기 투숙객을 위해 일하기 시작한 많은 이들이 이런 얘기를 할 때, 그 말을 믿지 않았다. 세상이 아름다운 것에 마음을 온통 내어주도록 되어 있다는 것을 미처 몰랐다.

내 호텔은 아직 작고 가난해서 여기저기 손이 많이 간다. 그래서 종종 나 자신을 돌보는 일을 놓치고, 그러면 좀 초조해진다. 내가 없으면 이 호텔은 어쩌나 싶다. 곧이어 내가 떠나온 호텔의 직원을 떠올린다. 자신을 돌보는 일이라고는 거의 하지 못했던 사람들. 잠긴 방들의 열쇠가 어디 있는지, 손님인 내가 그 방문이 열리기를 얼마나 기다렸는지 미처 살필 여유가 없었던 사람들. 이제 나는 그 방들에 무엇이 있을지 추측할 수 있어 두려움에 떨지 않는다. 내 손님이 같은 경험을 하지 않도록 열쇠를 깨끗하게 닦고 닫힌 방의 문을 가끔 열어 쌓인 먼지를 털어줄 따름이다.

아름답고 귀한 내 손님. 우리는 얼마나 자주 햇빛 샤워를 하고 얼마나 자주 새로운 도넛을 먹게 될까. 그러다 어느 날 손님은 그동안 잘 지냈다며 호텔을 훌쩍 떠나갈 것이다. 마음이 힘든 날이면 다시 돌아와 며칠 지내다 갈지도 모르겠다. 나는 깨끗이 닦은 창으로 빛이 가득 들어오는 주방에 도넛을 산처럼 쌓아놓고 손님이 오기를 기다릴 것이다. 내가 떠나온 호텔에 남은 직원들이 그러하듯이.

어떻게든 말고 잘

아기는 일단 낳아놓으면 어떻게든 자란다고,
어떤 사람들은 그렇게 말하던데

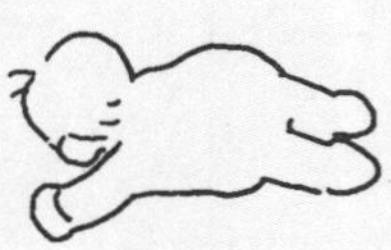

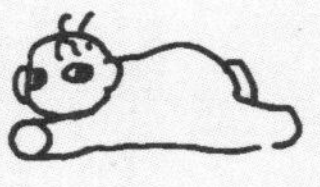

잘 알려주면 잘 자란다.

어떻게든 말고, 잘.

나는 과연 혼자 알아서 자랐을까?
그렇지 않다는 것을 깨달을 때,
아기를 키우는 나를 더 열심히 응원하게 돼.

돌보는 일

아기를 낳기 전에는 입덧이 매우 심했다는 점만 제외하면 평화로웠다. 시기에 맞춰 필요한 검진을 받고, 출산할 병원을 정하고, 산후조리원을 알아보았다.

어떤 산후조리원은 임신 사실을 인지함과 동시에 바로 예약을 해야만 출산 시기에 맞춰 들어갈 수 있다는 사실을 나중에야 알았다. 그런 곳일수록 가격이 매우 비쌌다. 신기했다. 나는 비싼 조리원에 갈 계획도 돈도 없었기 때문에 임신 사실을 안 뒤에도 산후조리원을 예약하기 위해 다급해질 일 없이 느긋하게 지냈다. 아기를 낳은 산모와 갓 태어난 아기를 2주간 돌봐주는 비용은 서울 시내 산후조리원 기준 3백만~1천만 원 사이를 오간다. 2천만 원대인 산후조리원도 있는데 내 경제력과 소비 수준으로는 믿기지 않는 금액이어서 고려 대상에 넣지도 않았다. 아무리 저렴한 곳이라도 절대적으로 적지 않은 비용을 지불해 가며 산후조리원에 들어가려는 이유는 있었다. 산후조리원에서는 숙련된 영아 돌봄 전문가들에게 아기를 돌보는 요령이나 기본적인 육아 정보를 배울 수 있다. 더불어 빨래나 청소 등 일체의 가사 노동에서 잠시나마 해방되어 삼시 세끼 영양소를 골고루 갖춘 맛있는 음식을 먹고 건강 관리를 받으며 임신과 출산으로 쇠약해진 몸과 정신을 회복할 수 있다.

과거였다면 산모의 친정집이 산후조리원이었을 테고 친정어머니 혹은 가정의 나이 많은 여성이 산후조리사 역할을 했을 것이다. 나에게는 친정도 친정엄마도 있었지만 엄마는 내 산후조리를 돕는 대신 산후조리원 비용 선물하기를 택했고, 나는 감사한 마음으로 선물을 받았다. 아기를 낳아 키워본 경험이 있는, 아기를 돌보는 일에 능숙한 연장자에게 받던 도움은 이제 전문화된 인력에게 금전적 대가를 지불하고 구입하는 것이 표준이 되었다.

　내가 출산하기 직전에 서울 서대문구에 공공 산후조리원이 생겼고 덕분에 그곳에서 나는 산후조리를, 아기는 신생아 돌봄을 받았다. 당시 해당 산후조리원은 서대문구 구민에게는 250만 원에 서비스를 제공했다. 장애인, 다문화가정, 저소득층, 국가유공자 가정의 산모는 훨씬 큰 폭의 혜택을 받을 수 있었다. 나는 임신 시기 서대문구민이면서 다문화가정의 구성원이었으나 출산 직전에 마포구로 이사를 하는 바람에 타구 구민 대상 금액인 280만 원을 내야 했다. 그렇다고 해도 서울 시내에 그 금액으로 비슷한 정도의 서비스를 받을 수 있는 산후조리원이 많지 않았으므로 더 고민하지 않았다. 게다가 2백만 원은 정부가 출산한 산모에게 지급하는 바우처 형태의 '첫 만남 이용권'으로 결제했기 때문에 나머지 80만 원만 부담하면 되었다. 평균 5백만 원대를 훌쩍 넘는 산후조리 비용을 고려하면 비용 대비 훌륭한 서비스를 받았다는 생각이 들었다. 이 사회의 구성원으로

만족감과 소속감을 느꼈다.

그렇다고 해도 80만 원 역시 적은 금액은 아니다. 이 돈을 아끼기 위해 산후조리원에 가기를 포기하는 산모도 있을지 모른다. 현재 서대문구는 지원을 늘려 공공 산후조리원의 입소 비용을 25만 원으로 대폭 인하했다. 많은 산모가 공공시설의 도움을 받는다면 산후조리에 대한 심리적, 경제적 부담을 크게 덜 수 있을 것이다. 서울 시내에 자리한 공공 산후조리원은 아직 두 군데뿐이지만.

제왕절개로 출산했기 때문에 산후조리원에서 2주간 쉬는 것만으로는 부족하다는 생각에 산후조리원을 나온 뒤로도 산후조리 도우미 선생님의 도움을 받았다. 산후조리 도우미 정부 지원금에 내가 아기를 낳은 해부터 추가로 지원되기 시작한 '산후조리 지원금' 50만 원의 혜택을 받으니 40여만 원으로 3주간 산후조리 도우미 선생님의 도움을 받을 수 있었다.

산후조리원, 산후 도우미의 도움을 받은 지 5주가 지나고부터는 나와 아기 둘만의 날들이 시작되었다. 초산인 나는 여전히 모르는 게 많았다. 분명 산후조리원에서 틈틈이 산모들을 모아놓고 아기 돌보기에 대한 기초 상식이나 방법을 가르쳐주었는데, 산후 조리 도우미 선생님에게도 메모해 가며 열심히 배웠는데 아기가 똥을 싼 채 울면 머릿속이 하얗게 되었다. 아기가 깨어 있으면 아기를 보느라 쩔쩔맸고, 아기가 잠들면 스마트폰을 붙들고 아기 돌보는 법을 검색하느라 쩔쩔맸다. 그 과정에서 자연스럽게 잠이 생략되었다. 신생아를 돌보며 가장 어려웠던 점은 그 어떤 일도 아기와 대화로 해결할 수 없다는 것이었다. 아기가 불쾌감을 느끼거나 화가 나면 왜 그런 것인지, 내가 어떻게 해결해 줄 수 있을지 물어볼 방법이 없었다. 돌아올 대답이 없으니 질문도 할 수가 없었다. 배가 고픈지, 기저귀가 불편한지, 아픈 곳이 있는지, 졸린 건 아닌지. 이도 저도 아니라면 그저 세상에 태어난 것이 혼란스러워서인지 내가 알아서 판단하고 대처해 주어야 했다. 다행히 '어차피 성인들끼리 서로를 대하는 방식도 피차 마찬가지'라는 생각이 금세 들었고 아기는 귀여우니 이쪽이 낫다고 생각하면서 마음만은 편하게 먹을 수 있

었다. 귀엽지도 않은 어른의 감정을 상대하느니 책임감의 굴레에 갇힌 채 작고 귀여운 몸으로 똥을 싸고 우는 아기를 돌보는 일이 나았다. 몸은 계속 힘들었다.

공공 산후조리원, 산후조리 도우미, 정부와 시에서 운영하는 시간제 보육에 신생아를 돌보는 엄마를 위해 제공하는 가사 도우미 서비스까지 제도의 도움 덕분에 운영하는 가게 문을 닫지 않고도 아기를 낳은 첫 1년을 버틸 수 있었다. 카페나 식당에 가기 쉽지 않은 아기와 나를 위해 친구들이 매번 집으로 찾아와 준 일, 친정 부모님이 한 달에 두어 번 서울에 올라와 아기와 나를 살펴주신 일도 큰 도움이 되었다. 최대한 일찍 잠들어 일찍 일어나고 시간을 쪼개서 생활해 보니 그림을 그리거나 쓰는 일도 조금이나마 지속할 수 있었다. 출생률을 올리려는 정부의 눈물겨운 지원과 나와 배우자가 열심히 번 돈, 온순한 배우자의 헌신, 나의 수면 부족, 주변 사람들의 배려 모두가 신생아 한 명을 키우는 일에 매달려 있었다. 나도 별 어려움 없이 남들이 하는 것만큼은 잘해나가고 있다고 생각했다. 하지만 몸이 많이 상했다.

아기를 키운 지 8개월쯤 지나니 몸이 여기저기 아프기 시작했다. 뇌출혈이나 부정맥이 의심되는 증상부터 복통, 두통, 근육통 등 써놓고 보니 요란스러운 증세, 현대인의 만성질환 같은 증세들까지 나를 괴롭혔다. 아기를 시간당 2천 원의 금액으로(정확히는 시간당 5천 원이지만 정부에서 시간당 3천 원을 지원한다) 시간제 보육실에 맡겨두고 병원 투어를 다녔다. 어디를 가도 큰 이상은 없다고 하는데 곧 죽을 것 같은 심정이 되었고, 아기를 두고 너무 일찍 죽으면 어쩌지 하는 생각이 들어 불안해졌다.

그 어느 때보다 많은 시간을 나 아닌 존재를 돌보는 데 썼지만 내 자신의 몸은 어느 때보다 약해져 있었다. 돌봄을 받아야 하는 존재이면서 돌보아야만 하는 상태가 되었는데 나와 아기가 속한 핵가족 형태에서 돌봄의 순환을 기대하기란 쉽지 않았다. 다년간의 사회활동으로 확보한 넓은 관계망과 씩씩한 붙임성으로 돌봄 공백을 메워나가는 엄마들의 근사

한 경험담을 읽으면 희망이 생기다가도 빈약한 관계망과 다소 폐쇄적인 사회성을 지닌 자영업자 부부라는 내 현실로 돌아오면 희망이 연기처럼 사라지는 듯했다.

인터넷 세상 속에는 애쓰지 않고도 만날 수 있는 사람이 많았고 어렵게 관계를 맺을 필요도, 끊을 필요도 없었지만 근육과 시간이 만드는 현실에는 내가 아기를 키우며 머물 '마을'이 없음이 확실해 보였다. 아기를 낳은 뒤 사회적 존재로서 나의 퇴보와 한계를 더 깊이 깨달았다. 거기다 체력까지 없다니. 그런데 이런 나를 믿고 제 운명을 온몸으로 맡기는 아기가 있다. 그건 내가 풀 죽은 채 시간을 흘려보내던 짓을 더 이상 즐길 수 없게 되었다는 뜻이었다.

나는 많은 아기 짐과 내 짐 약간을 가지고 아기와 함께 경기도 평택의 친정집으로 향했다.

그리워지겠지

어떤 날에는 스물두 시간씩 깨어 있는다.
아기는 잘 자고 잘 먹는데
나 혼자 불안해서 그런다.

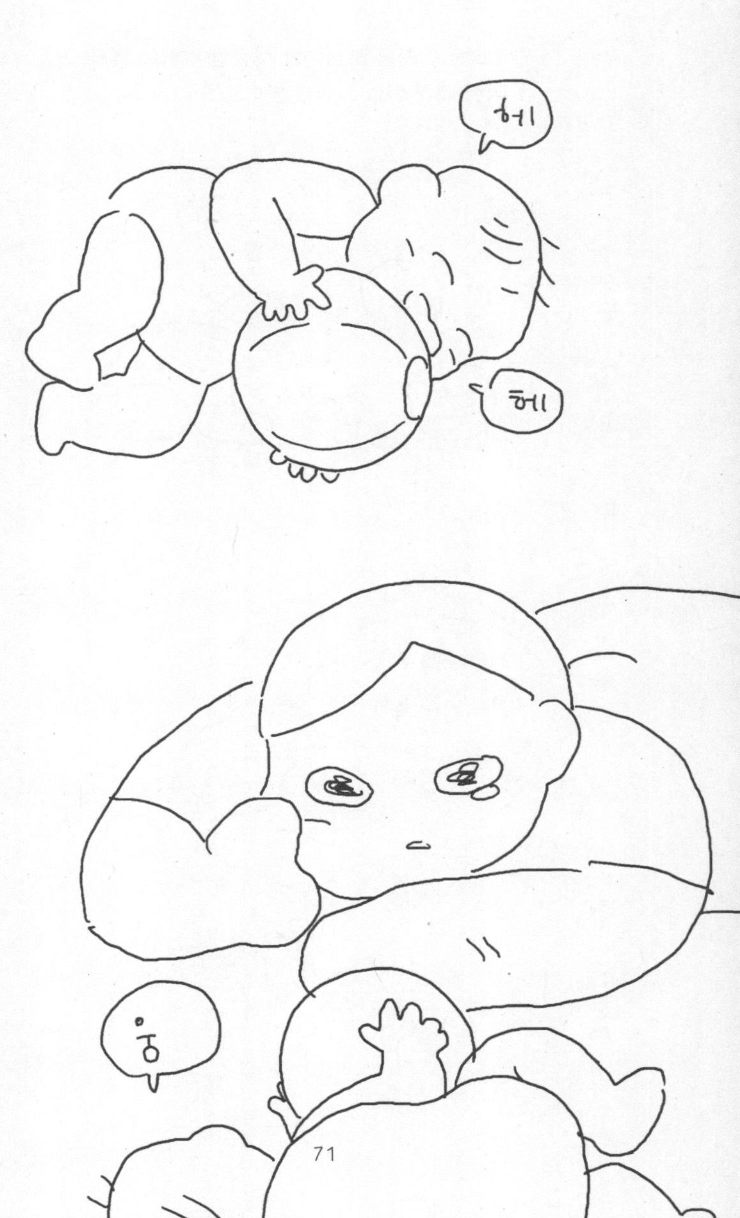
헤
애
응

어째서 모든 아기들은 엄마를 사랑할 수밖에 없을까.
이런 내가 이런 사랑을 받아도 되나 싶게.

아기의 성장은 시간이 얼마나 빨리 흐르는지를
눈으로 보는 일 같다.

어린 우리들이 있는 지금도 쏜살같이 지나가겠지.
수면 부족조차 그리워지겠지.

슬픔의 선물

초등학교 저학년 때였던가, 친해진 반 친구들과 함께 아빠를 따라 도서관에 가곤 했다. 그날 아빠가 우리에게 과자 한 봉지씩을 사주고 집에 갔던가, 성인 열람실에서 신문을 읽었던가 기억이 흐릿하다. 그래도 그 순간에 우리끼리만 있었던 기억은 난다. 책을 읽다가 밖으로 나가 도서관 앞 공원을 뛰어다니며 놀았다. 그러던 중에 한 친구 손에 들려 있던 아빠가 사준 과자 봉지에서 과자가 후두둑 떨어졌다. 땅으로 떨어지는 과자를 보면서 나는 그게 마치 아빠 같아서 문득 슬퍼졌다. 이 순간이 기억에 남아 있는 이유는, 떨어지는 과자를 보면서 슬퍼지는 내가 싫었던 기분까지 생생하게 느꼈기 때문이다.

나는 엄마의 육신을 빌려 내 육신을 만들었고 엄마의 고생을 통해 세상에 나고 자랐음에도 늘 엄마를 조금씩 미워했다. 아빠가 폭력적이었음에도 늘 아빠와 감정적으로 연결되었다고 느꼈다. 내가 항상 슬픈 이유일 것이다.

고작 땅에 떨어진 과자만 봐도 슬픔을 느끼는 나를 두고 엄마는 내가 너무 자주 운다고 혼을 냈다. 눈물을 참아보라고 했다. 자주 우는 어린애는 정말 귀찮았을 것이다. 그렇지만 엄마 역시 나만큼 자주 울었다. 어쩌면 엄마는 마음껏 슬퍼하거나 슬픔의 정체를 파헤치거나 도대체 왜 슬픈지 알 기회를 가질 수 없었던 건 아닐까. 그저 울면 좋지 않다고, 슬퍼하지 말고 씩씩해야 한다고 말하는 방법 외에는 알지 못하는 상태로 쭉 지내온 건 아닐까.

캐럴 '울면 안 돼'를 부르면서 364일 동안 산타할아버지를 기다리던 내 어린 시절에는 우는 일만으로도 혼이 났다. "아기처럼 울면 어떡해. 울면 창피하잖아. 계속 울면 망태 할아버지가, 무서운 아저씨가, 호랑이가 잡아간다." 울음을 그치게 하려는 협박

치고는 너무한 구석이 있지 않나. 거기다 호랑이는 멸종 위기종인데. 나중에야 알게 됐지만 운다고 해서 누가 날 잡아가는 일은 생기지 않았다. 물론 좀 창피할 수는 있겠지만 사람들은 내 생각만큼 내게 관심을 두지도 않았다. 정말 창피한 일은 내가 어떤 기분인지, 그 기분 때문에 어떻게 하고 싶은지를 알지 못할 때 생기곤 했다. 이럴 줄 알았다면 차라리 한 살이라도 더 어렸던 그때, 어차피 울 거 그때마다 더 솔직하고 뻔뻔하고 시끄럽게 엉엉 울 걸 그랬다.

서른여섯에 엄마가 된 나는 그렇게 많이, 자주 우는 사람을 보는 게 너무 오랜만이라 아기를 보는 일이 매일 당황스러웠다. 사람이 어떻게 이리 계속 울 수가 있나 싶었다. 좀 뻔뻔하다 싶기도 하고, 말로 해주면 안 될까 싶기도 했다. 그런데 생각해 보니 나도 많이 울지 않는 사람이 된 지 몇 년 되지 않은 참이다. 기억나는 어린 시절부터 떠올려보아도 나는 확실히 많이 울었다. 동생이나 친구와 놀다가 다투면 울었고 엄마나 아빠에게 혼나도 울었다. 스스로의 실수에 놀라서 울었다. 심지어 대학생 때도 꽤 자주 울었다. 무슨 말이냐 싶겠지만 그 시절 어느 때에는 우는 것도 멋인 줄 알았다. 감정에 취한 나에게 취해 있었다. 주변에 눈물이 많은 친구도 많았다.

임신하기 몇 달 전부터 임신 기간 내내 내 인생의 슬픔이 어디에서 기원했는지, 그 정체가 무엇인지를 찾아가는 전작 《조금 불편해도 나랑 노니까 좋지》를 쓰고 그렸다. 그 책을 쓰다가 많이 울어서 아기에게 괜찮을까 걱정스러웠다. 하지만 최선을 다해 슬퍼하고 그 정체를 파헤치려 애썼기 때문에 그 슬픔을 아기가 존재하는 상황이 주는 기분과 착각하지 않았다. 정확히 슬퍼했더니 정확히 사랑할 수 있겠다는 기분이 들었다. 사람의 마음은 정말 이상하다.

아기는 태어나면 좋았을 예정일을 한 달이나 남기고 내게 기별도 없이 태어났다. 막 출산한 나와 이런저런 감동적인 이야기를 나누던 엄마는 너를 낳았을 때, 당신은 너무도 아들을 원했노라고 말했다. '아들을 낳고 싶은 마음'이라는 게 있었다. 요즘에는 딸을 낳아야 축하한다는 말을 듣는다고 하니 그저

내 기분을 좋게 하려고 그 말을 하신 걸지도 모르겠
다. 아니면 아기가 너무 갑자기 태어나서 미처 할 말
을 준비 못 하셨나. 아기의 성별은 나의 기쁨과 상관
없었다. 그리고 엄마는 그렇게 바라던 아들을 낳고
고생을 많이 했다. 고생해도 사랑하는 마음을 나는
어쩌면 엄마 때문에 알았겠지.

아기가 태어난 날 출간된 내 책에는 엄마의 사랑
하는 아들, 내 동생에 대한 이야기가 담겼다. 엄마의
아들 혹은 내 동생에 대해서라면 할 얘기가 너무 많
아서 나는 그 얘기로 책 한 권을 쓸 수 있었다. 동생
은 네 살에 고열을 앓다 청력을 거의 잃고 청각장애
인이 되었다. 내가 초등학교에 입학하기 직전이었
다. 당시 엄마와 아빠는 슬픔을 성숙하게 감당하기
에 나이가 어렸다. 나는 슬픔이 무엇인지 알기에 나
이가 어렸다. 동생은 운이 없었다. 아마 후두둑 떨어
지는 과자들을 보면 그게 나 같고 아빠와 엄마 같고
내 동생 같아서 슬펐겠지. 무엇을 봐도 우리 가족이
처한 상황과 비슷해 보이면 슬픔을 느끼곤 하던 시
절을 오래 보냈다.

그런 식으로 하필 내 눈에 잘 보이는 풍경이란 슬픔이나 외로움, 사소하고 깨지기 쉬운 것들이었다. 내가 엄마에게 꼭 낳고 싶지는 않았던 아이여서일까? 이런 성격을 타고난 건 낳아놓고 보니 딸이어서, 기대했던 아들이 아니어서, 탄생하는 순간부터 엄마의 실망하는 얼굴을 봐서일까? 그런 생각을 했다. 엄마는 원일이(동생의 개명 전 이름이다)를 키우느라 힘든데, 나 없이 원일이만 키운다면 편해지지 않을까도 생각했다. 자신의 존재를 긍정해 본 적 없는 유년 시절에 슬픔이 없었을 리 없다. 그래서 육아 전문가들이 기질에 대해 이야기할 때 어쩐지 안심했다. 나는 엄마 뱃속에서부터 이런 사람이었다고 생각하면 편했다. 아이를 낳아 기르는 지금에야 어떤 사람은 환경이나 조건과 상관없이 그런 성격을 타고난다는 걸 알게 되었기 때문이다.

사랑에 대해 말할 때, 하고 싶은 이야기가 너무나 많아서 그 이야기를 글로 쓰는 시간들을 견디게 된다. 아무리 고민해도 사랑은 그다지 아름답기만 한 게 아니라서 사랑에 대해 계속, 계속 말하고 싶은 내가 지긋지긋해진다. 어느 날은 사랑이 미움이나 분노 뒤에 조그맣게 달라붙은 찌꺼기 같고, 또 어느 날은 다 헤져서 버리려고 하던 찰나 다시 보니 좋은 것이라 급하게 세탁기에 넣는 넝마 조각 같았다. 이런 게 사랑이라면 어째서 다들 사랑을 말하는 걸까. 사랑하지 않으면 편할 텐데. 지겨운 일도, 못생기고 지저분한 마음도 멀리할 수 있을 텐데.

이런 생각을 하는 중에 시작한 (뱃속에서부터) 아기를 키우는 일은, 멀리할 수 있는 그 모든 사랑을 구태여 열심히 찾아내 껴안는 극적인 행위였다.

나는 언제나 슬프고 어렵고 괴로운 일들이 사랑과 어떤 관계가 있는지 궁금했다. 마음껏 슬퍼하거나 슬픔의 정체를 파헤치거나 도대체 왜 슬픈지 알 기회를 갖거나 하는 시간을 인생에서 충분히 가지지 못해서, 그것들이 어울릴 수 없다고 생각하는 채로 어른이 되는 바람에 그랬던 걸까. 모르니까. 그래서 그저 울면 안 된다고, 슬퍼하지 말고 씩씩해야 한다고 말하는 방법 외에는 알지 못하는 상태로 엄마가 될 뻔했다. 엉엉 울면서 엄마의 아들, 내 동생에 대한 책을 쓰지 않았더라면 아기를 낳아 키울 사랑과 용기를 마련할 수 없었을 것이다. 그 슬픔 속에서만 사랑과 용기를 찾을 수 있었다.

사랑은 기쁘고 아름답고 활기차고 건강한 곳에, 슬프고 어렵고 괴롭고 기운 없는 곳에 모두 있었다. 그 모든 사랑이 인간다움을 확인하기 위해 존재한다는 걸, 임신해 있는 동안 충분히 슬퍼한 덕에 알았다. 내가 슬픈 사람이 아니었다면 사는 일을 덜 좋아했을지 모른다.

아이에게 이런 마음을 알려줄 수 있을까? 외삼촌과 외할머니 때문에 자주 슬펐지만, 그들 덕분에 사랑을 알았다고 말해줄 수 있을까? 나를 사랑하는 사람을 통해서만 사랑을 알 수 있는 건 아니라고. 그런 이상하고 괴로운 이야기를 해줄 수 있을까? 울면 안 된다고 말하는 대신 울고 싶은 만큼 울더라도 네 마음이 어떤지, 무엇을 느끼고 있는지 그대로 들여다보는 일이 무엇보다 중요하다고.

똑바로 운 적은 없어도 제법 울보로 살아본 덕에 하루도 울음을 거르지 않는 아기의 기분을 상상해

볼 수 있었다. 그래서일까 아기가 울어도 '뚝 그쳐'라든가 '그만 울어'라고 다그칠 마음이 생기지 않았다. 어차피 아기는 울고 싶은 만큼 양껏 울고 나면 울음을 그쳤다. 그렇게 울고 싶은 만큼 울어야 금세 기분이 좋아지는 것 같았다. 물론 울음소리를 마냥 듣고 있기가 쉽지는 않았지만 견디지 못할 일도 아니었다.

토닥토닥

아기가 토닥토닥을 배웠다.

작은 손으로 토닥여지는
어깨가 간지러워 사랑스럽다.

아기가 자신이 아는 좋은 것을
나누고 싶어 하는 걸 안다.

많이 토닥여 줄게.

많이 토닥여 줄게.

누구든 토닥여 주는 사람이 되렴.

이어져 있어

이제 16개월이 된 아기는 포동포동하게 자라 무거워
졌다. 그런데 아직 걷지를 못하니 엄마인 내가 10킬
로가 넘는 쌀자루를 하루에도 몇 번씩 들어 안고 여
기다 놨다 저기다 놨다 하는 것 같은 일상을 보낸다.
물론 진짜 쌀자루는 아니어서 이걸 만지고 싶고 저
기로 가고 싶다고, 엄마가 하자는 대로 하기 싫다고,
저걸 못 만지게 해서 속상하다고 운다. 나는 다시 아
기를 안아 어르고 달래면서 눈물과 콧물을 닦아준
다. 머리를 쓰다듬고 궁둥이를, 어깨와 등을 토닥여
준다. 손이 닿는다. 아주 여러 번. 그러면서 얼마나
더 많이 만지면 이 아기가 어른이 될까를 생각한다.

　지금까지 만 번은 만진 것 같은데 10만 번을 만져

도 겨우 열 살이 되겠구나. 이런 계산법이 맞지는 않을 것이다. 아기는 한 살 한 살 나이를 먹을수록 내가 만질 일 없는 사람이 되어갈 테니. 걷고 뛰고 그런 다음에는 친구들의 손을 잡고 고민과 사랑에 빠질 것이다. 엄마 아빠가 아닌 다른 이의 손길을 궁금해할 것이다.

2년 전 아기와 나는 분명 물리적으로 연결되어 있었다. 이 사실을 떠올리면 내가 세상에 태어난 일도 놀랍게 느껴진다. 내가 한때 아기였고, 태어나기 전에는 엄마의 자궁 안에서 지냈고, 엄마와 탯줄로 이어져 있었다는 사실까지 떠오르기 때문이다. 태어남과 동시에 탯줄이 잘리고 배꼽이 아물면서 내 피부는 매끄럽게 내 안의 것들을 감쌌고, 무엇과도 이어져 있지 않도록 물리적으로 나를 단절시켰다. 인생 전체를 놓고 보면 '어머니와 연결된 시기'는 아주 잠깐뿐인데 그 잠깐뿐이었을 시간을 자꾸만 공들여 들여다본다. 무엇을 이해하고 싶어서? 엄마와 연결되어 있던 나, 연결되지 않은 상태로는 어떤 방법으로도 살아남기 어렵던 시기, 생존하기 위한 유일한 방법, 연결이 끊어지지 않기를 기도하는 일, 끊임없이 엄마를 찾던 나, 끊임없이 나의 존재를 확인하는 나의 아기, 돌아가신 외할머니를 끌어안고 엉엉 울던 나의 엄마. 우리는 서로를 만지면서 연결되어 있다고 느낀다. 모든 사람이 어머니로부터 열 달 동안 배우는 최초의 감각. 연결되면 살 수 있다.

아기는 서러워 울 때면 세상이 끝나기라도 할 듯 나에게 꼭 안긴다. 기뻐서 다리를 동동 구를 때도 작은 품을 모두 써서 내 어깨를 끌어안는다. 외할머니와 엄마, 엄마와 나, 나와 아기. 그전의 엄마들과 그전의 아기들도. 이후의 엄마들과 이후의 아기들도 결국 모두 분리된다. 아주 잠시간 서로 이어져 있을 뿐이다. 겨우 열 달, 그다음에는 평생 다시는 이어지지 못한다. "엄마, 엄마. 엄마 안아줘." 아기가 손을 뻗는다. 우리는 결국 떨어졌음을 아기와 나 모두 안다. 언젠가는 더 멀어질 것도.

내가 부모님과 마지막으로 손을 잡거나 껴안은 게 언제였는지 기억조차 가물가물하다. 나도 태어난 지 16개월일 때는 엄마의 손길을 하루에 백 번은

받았을 텐데. 지금은 한 달에 한 번 손잡기도 어렵다. 만나도 손잡을 일이 없다. 그러나 나는 끌어안지 않아도, 손을 마주 잡지 않아도 그들의 품에 안긴 기분을 느낀다. '엄마 안아줘' 하고 울지 않아도 죽을 것 같다고 느끼지 않는다. 내 안에는 엄마가 안아주지 않으면 죽을 것 같다고 느끼던 시절 엄마에게 잔뜩 안겼던 기억이 남아 있고, 이제는 누군가 나를 안아주지 않아도 죽지 않는다는 것을 안다. 그러나 누군가 나를 안아준다면 사는 일이 더 쉬워진다는 것도 안다.

서로를 살게 하려고 서로를 안는다. 내가 살기 위해 아는 사실 중 하나다. 태어나자마자 배운 것이다. 그래서 "엄마, 안아" 하는 아기를 안는다. 쌀자루만큼 무거운 아기를 안아주면서, 아기의 삶이 더 생생해지기를 바라면서. 이렇게 무거운 걸 드는데 이 정도 무거운 소원은 빌어도 되겠지. 작은 손과 팔다리로 나를 꼭 끌어안은 이 작고 무거운 존재를 위해.

살기 위해 이어지고 살기 위해 끊어진다. 아기를 뱃속에 품었고 아기를 낳았다. 자연의 일을 생각하면 겸손하게 살고 싶다. 알지 못했던 사랑과 알지 못했던 자연, 알지 못했던 아기, 알지 못했던, 내가 가장 사랑하고 나를 가장 사랑하는 작은 사람을 꼭 껴안는 감각. 우리를 이어주던 탯줄이 끊겼음에도 부드럽게 연결되어 있는 느낌. 아기를 안아 올릴 때 나는 세상에서 가장 힘이 센 사람이 된다. 다른 사람의 삶을 키우고 싶은 마음이 삶을 더 생생하게 만들고, 내가 키우는 아기 덕분에 나는 더 사는 사람이 된다. 사랑이 하는 일, 너무나 자연스러운 일이다.

아기 침대와 눈치 게임

고양이들이 아기 침대에 올라가고 싶어 한다.

아기 침대에는 고양이들이 좋아할 요소가 하나도 없다.

심지어 아기를 피해 자리를 잡느라
옹색하게 누워 있으니 불편해 보인다.

그런데도 참 고집스럽다.

수유할 때도 지켜본다.

신비로운 고양이들…
셋이 사이좋게 지내.

고양이 덕분

만약 내가 조금이라도 좋은 엄마가 된다면 내 고양이들에게도 그 덕이 있다. 내 고양이들을 낳아준 고양이 어미들에게도 있다.

우리 부부는 2017년에 하기, 2020년에 청이 두 고양이를 구조해서 지금까지 함께 살고 있다. 고양이들과 함께하면서 살아 있는 존재를 키우며 무언가를 결정하고 그 결정을 책임지는 일을 배울 수 있다는 걸 배웠다. 키우고 보살피는 일에는 분명 부담이 따른다는 사실도. 두 고양이 모두 길에서 최소한 3년 이상을 살다가 우리에게 왔기 때문에 처음에는 고양이도 사람도 모두 고생이 많았다. 첫째 하기는 우리 집에 온 뒤로도 가출을 세 번이나 했다. 사라진

하기를 찾아 동네방네 헤매다 현관문을 열어놓은 채 잠든 게 세 번이라는 의미다. 당시 우리 부부는 1970년대에 지어진 낡은 다가구주택의 꼭대기층에 살고 있었다. 집주인이 수리를 하지 않고 저렴하게 세를 놓은 집이었기 때문에 여기저기 문제가 많았다. 들떠서 닫히지 않는 문이나 창문이 많았고 잠금 장치가 아예 고장 나서 이도 저도 못 하는 문도 있었다. 조금 영리하고 잽싼 고양이라면 탈출하기에 딱 좋은, 그런 집이었다. 길에서 살던 시절을 잊지 못해 밖으로 나간 하기는 배가 고파지면 슬그머니 집으로 돌아오곤 했다. 잠에서 깼을 때 뻔뻔하게 집 안을 돌아다니며 야옹거리는 하기를 발견하면 어이 가 없었다. 하기 덕분에 그 집에서는 계속 살고 싶지 않다는 마음이 들었고 더 좋은 집으로 이사를 갈 수 있었다.

둘째 청이는 어떤가. 하기를 데려오고 3년 뒤 가계 사정이 좋아져 데려온 청이는 3년이 넘도록 새벽마다 큰 소리로 울었다. 고양이 목청이 어찌나 큰지 우리는 거의 매일 청이의 울음소리에 잠을 설치다시피 했다. 분명 시끄러웠을 텐데 별다른 항의 없이 넘어가 준 이웃들에게는 아직까지도 미안하고 고맙다. 아랫집 이웃이 커피 원두 그라인더 소리가 조금 시끄럽다고 말한 적은 있어도 아무도 고양이 우는 소리가 시끄럽다고는 하지 않았다. 이게 다 내 복이지. 게다가 청이는 구내염을 앓고 있어서 치료를 하는 데 큰돈이 들었다. 그때 배우자는 "우리가 청이를 위해 돈을 쓸 수 있어 다행"이라고 했다. 고양이들을 데려와 키우면서 배우자의 새로운 면을 알게 된 것 역시 내 복이다. 배우자와 함께 고양이들을 돌보면서 이 사람과 함께 살아 있는 무언가를 키워도 위험한 일이 생기지 않고 안전하겠다는 믿음을 얻었다. 키우는 일에는 분명 가족과 이웃의 이해와 지지가 필요하다. 동물을 키우는 일이라도 아기를 키우는 일과 다름없다.

그뿐인가. 육묘로 인해 내 사고방식은 여러모로 변했다. 하기와 청이의 존재는 내가 아기를 낳을 결심을 하는 데 분명 큰 영향을 주었다. 고양이들을 키우며 다른 생명을 키우는 일의 책임과 기쁨을 동시에 깨달았으니. 나는 종종 고양이들에게 "이렇게 예쁜 널 누가 낳아서 나한테 왔을까?" 하고 묻는다. 너무나 예뻐서 내 고양이들의 어미 고양이들에게 고마운 마음이 든다.

2016년에 내가 운영하던 가게에 자주 와서 밥을 얻어먹던 뻔뻔한 고양이가 있었다. 밥이고 물이고 얻어먹는 주제에 눈이라도 마주치면 하악질(고양이가 상대를 위협하기 위해 '하악!' 소리를 내는 행동)부터 했다. 그래서 '하기'라고 불렀다. 까칠한 하기에게는 사료나 물을 챙겨주고도 욕이나 얻어먹고는 했다. 그런데 언제부터인가 그 성격 안 좋은 고양이가 보이지 않았다. 길고양이들은 종종 제멋대로 사라지고는 했으므로 혼자 서운한 마음을 달랠 수밖에 없었다. 그러던 어느 날 가게 뒤편 화장실에 가는데 어디선가 삐약삐약 소리가 들려왔다. 설마 하는 마음으로 여기저기 기웃대며 담장의 구석진 안쪽을 들여다보니 막 태어난 아기 고양이 다섯 마리와 하기가 있었다. 하기는 원래도 경계심 많은 고양이였는데 출산 후에는 예민해지기까지 해서 먹이를 챙겨

주는 일마저도 쉽지가 않아졌다. 근처 꽃가게 사장님이 '비닐 봉투에 사료를 한 주먹씩 담아 담장 너머로 던져주면 봉투를 찢어서 그 안의 사료를 먹을 것'이라며 방법을 알려주신 덕에 겨우 밥은 챙겨줄 수 있었다. 그때 나는 엄마의 마음 같은 건 몰랐지만 적어도 새끼를 키우는 어미 고양이는 잘 먹여야 한다는 사명감은 느끼고 있었다. 날이 따뜻해졌고 하기의 야무진 보살핌을 받은 아기 고양이들은 나날이 포동포동해졌다. 아기 고양이들이 짧은 다리로 깡충깡충 뒷마당을 뛰어다니며 노는 모습을 보는 날에는 밥을 먹지 않아도 배가 불렀다. 하지만 몇 달 뒤 하기는 네 마리의 새끼를 잃었다. 길에서 아기를 키우는 어미 고양이의 슬픔과 어려움을 그렇게 가까이서 보는 건 무척 고통스럽고 힘든 일이었다. 새끼들을 잃고 울부짖던 하기의 울음소리를 지금도 잊을 수가 없다.

하기가 아기들을 잃은 이유는 건물주 할머니가 119에 신고를 했기 때문이다. 새끼 고양이들이 무섭고 더러워서 달리 방법이 없었다고 했다. 당시 갓 태어난 아기를 키우던 건물주 할머니의 며느리가 말렸다는데도 소용이 없었다. 아직도 그 일을 떠올릴 때면 관객들의 마음을 답답하게 만들기 위해 연출한 영화 속 장면처럼 시간이 느리게 흐른다. 그날 이후 하기에게 늘 죄책감을 갖게 되었다. 그때의 나는 경제력이 거의 없었기 때문에 절대로 반려동물과 살 수는 없다고 생각했다. 그러나 그 일 이후 하기와 함께 사는 내 모습을 자꾸 상상하기 시작했다. 어쩌면 그조차도 지극히 이기적인 생각이었지만 당시 내 지혜는 그 정도뿐이었다. 그런 내 심정과는 상관없이 하기는 계속해서 까칠한 야생의 길고양이였기 때문에 그 후로도 오래 우리는 함께 살지 못했다. 그러다 하기의 하나 남은 아기 고양이가 좋은 보호자가 있는 집으로 입양을 가고 하기가 나에게 마음을 열어 집이며 가는 곳마다 나를 졸졸 따라다니게 된 뒤에야 우리는 같이 살게 되었다. 하기가 아기들을 잃은 때로부터 거의 1년이 지난 뒤였다.

하기를 데려온 뒤 나는 한동안 하기의 '언니'를 자처했다. 고양이를 키우기 전에는 반려동물을 키우는 사람들이 스스로를 엄마 아빠로, 동물들을 아기로 칭하는 것을 잘 이해하지 못했다. 힘없고 작은 존재를 보살필 때 그들을 아기처럼 여기는 마음을 알지 못했던 시절이다. 사랑한다는 말을 아끼는 나를 미처 깨닫지 못했던 내가 키우는 일을 연습하고 배우면서 나 자신에 대해 더듬더듬 알게 되었다. 언제부터인지는 모르겠지만 나는 이제 두 고양이의 완연한 엄마다.

"고양이를 두 마리나 키우면 털 날려서 애기 아파. 어디 갖다줘요."

아기를 낳은 뒤 이런 말을 가끔 듣는다. 자기가 낳은 아기도 학대하거나 유기하는 사람들이 있는데 동물이라고 어려울까. '아기를 위해서'라는 말에 악의가 없어 더 슬프다. 새끼들을 낳아 정성껏 먹이고 보살피던 어미 고양이 하기를 안다. 하기와 청이의 어미 고양이들을 상상한다. 어미가 된 나의 매일을 돌아본다. 고양이 털과 나의 비정함 중 어느 쪽이 더 아기를 아프게 할까? 아무리 생각해도 자식처럼 키우던 동물을 내다 버리면서 좋은 엄마가 될 수 있을 것 같지 않다. 안전한 사람이 되고 싶다. 털이 날린다고 동물 두 마리를 '어디 갖다주는' 일을 하지 않는 사람이. 할머니 할아버지가 되어도 두 손바닥만 한 털북숭이 아기들에게 안전한 사람이.

신비로운 존재

························

나는 항상, 여자아이를 키우는 내 모습을 상상했었다.
내가 여성이어서 상상하기가 쉬웠다.

남자아이는 좀 신비롭다.

!
?
앗

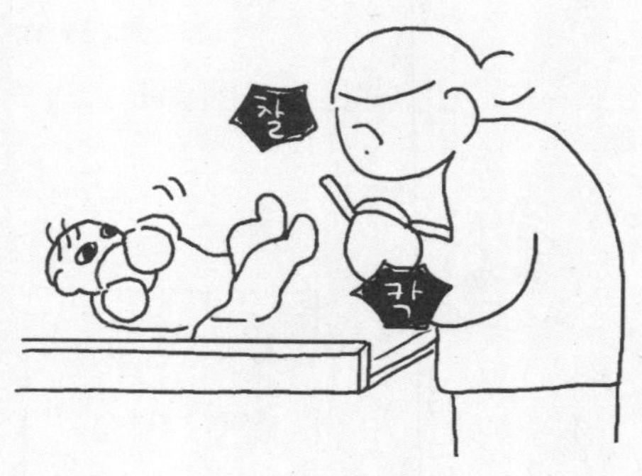
찰
칵

나무야, 그 사진 뭐야?
어.. 사진 봤어?
아기 불알이 왜 그래?
쭈글쭈글해…

육아의 영역에 오니 아는 것도
적용할 수 없었다.
노심초사하니까 그렇게 됐다.

남편은
"나도 딸을 돌보았다면 비슷한 일을
겪었을 것 같다"라고 말했다.

오
알겠어

오

기운 없는 사람

아기가 태어난 해 봄 즈음 배우자를 큰 목소리로 나무란 적이 있다. 집이 너무 더러워 보여서 짜증이 났다. 어째서 저 사람은 청소를 하지 않는 걸까 원망스러웠고 목소리가 커지는 걸 참기 어려웠다. 그때 아기는 그의 품에 안겨 있었다. 내가 다그치니 그 역시 질세라 나에게 항의했다. 그때도 아기는 그의 품에 안겨 있었다. 우리는 얼마 지나지 않아 우리가 아기에게 얼마나 나쁜 짓을 했는지 깨달았다. 그래서 아기가 보는 앞에서 서로를 안아주며 사과했다. 앞으로는 더 나은 방식으로 갈등을 풀겠다는 다짐과 함께. 그때 아기는 태어난 지 세 달밖에 되지 않아 고개를 왼쪽 오른쪽으로 돌리는 것 외에는 할 수 있는 일이 없었다. 아기는 자리에 가만히 누워 고개를 우리 쪽으로 돌린 채 말다툼에 대해 사과하는 우리를 지켜보았다.

아기를 배에 품고 다니던 시절에는 태어난 아기를 잘 키우는 나를 상상하곤 했다. 내 기대 속 엄마가 된 나는 힘이 셌다. 하지만 현실은 달랐다. 신체의 몇몇 부위를 갈아서 어디론가 흘려보내기를 자각 없이 반복하는 엄마가 된 것만 같다. 넉넉하지도 않은 정신력까지 자꾸 끌어다 쓰기 때문에 가끔은 몸도 정신도 닳아버린, 텅 빈 사람이 된 기분이다. 아기 앞에서 싸웠던 그날은 특히나 여유가 없어서 배우자에게 자꾸만 나무라는 말을 했다. 존경심도 기운이 있어야 나온다는 걸 알았다.

아기는 첫돌을 맞기도 전부터 중이염으로 꽤 오래 고생했다. 그러다 결국 고막에 작은 튜브를 삽입해 중이염의 잦은 재발을 방지하는 시술을 받게 됐다. 성인이라면 부분 마취를 한 다음 시술을 받고 몇 분 만에 귀가할 수 있는 간단한 일인데 아기라서 '간단히'가 되지 않았다. 부분 마취만으로는 가만히 있을 수 없는 아기는 전신마취를 받아야 했고, 전신마취를 위해서는 혈액검사, 소변검사, 심전도검사를 거쳐야 했다. 아기가 그 모든 검사에 순순히 협조해줄 리 없으므로 내가 전 과정에서 검사받는 아기를 도와야 했다. 피를 뽑을 때 엉엉 우는 아기가 가여웠다. 이 검사들을 받게 해서 미안했다. '어렵다, 어려워' 하는 한탄이 속에서 이어졌다. 소변검사에 비하면 혈액검사는 쉬운 편이었다. 시간이 지나자 힘들고 지친 마음에 미안함은 점차 사라지고 쉬고 싶기만 했다. 그때 미안한 마음을 유지하는 데도 체력이 필요하다는 사실을 알게 되었다. 참 얄팍하구나. 존경심도 미안함도 기운이 있어야 나온다니.

아기의 소변을 모으기 위해 성기 주변에 스티커로 소변 봉투를 붙여두고 소변이 모이기를 기다렸다. 아기는 봉투를 여섯 번 붙였다. 소변을 모으는데 다섯 번 실패했다는 뜻이다. 소량의 아기 소변을 받기 위해서 병원에 오랜 시간 머물러야 했다. 아기를 유아차에 태워 병원 안을 빙빙 돌고 병원 근처 공원에도 가고 2층 로비에 앉아 에스컬레이터를 타고 오르내리는 사람들을 구경했다. 그렇게 하루 종일을 병원에 머물렀는데도 소변이 새서, 아기가 소변을 참아서, 받은 소변을 실수로 흘려서 등등의 이유로 이튿날 다시 새로운 소변 봉투를 붙이고 소변 받기를 시도하기 위해 병원에 가야 했다. 심지어 위의 이유 중 하나로 또 실패해 며칠 후 다시 병원을 찾았다. 그쯤 되니 아기가 소변 봉투에 오줌을 싸지 않는다고 내 표정이 굳어 있으면 어쩌나 싶었다. 아기에게 항상 웃어주고 싶은데 너무 힘들 때 짓는 웃음이 이상하지는 않을까, 억지로 웃는 게 티가 나면 어떡하나 걱정이 되었다. 나는 왜 이렇게 기운이 없을까.

아기는 여섯 번째 소변 봉투에 오줌을 누었다.

오줌에 대해서라면 나도 할 말이 많다. 초등학교 1학년 때까지 나는 잠자리에 오줌을 싸는 아이였다. 자고 일어나면 잠옷과 이불이 다 젖어 있었다. 배변 훈련은 한참 전에 끝낸 나이였는데도 어느 때부터인가 느닷없이 그랬다. 동생이 청각장애 판정을 받아 엄마가 늘 집에 없던 시기였다. 남동생이 태어난 뒤로 크게 줄어든 나를 향한 관심이 완전히 사라지다시피 했던 때다.

크게 혼날 거라고 생각했는데 엄마는 나를 혼내지 않았다. 매일 아침 일어나 축축하게 젖은 이불을 보면서 '아 망했다' 하고 절망했던 기억이 난다. 하지만 엄마는 사태를 파악한 후 그저 차분하게 내 옷을 갈아입히고 이불을 빨았다. 저녁이 되면 수건을 몇 장 두툼하게 겹쳐 엉덩이 부근에 깔아주었다. 큰딸이 초등학생인데도 엄마는 지금의 나보다 젊었고 기운도 더 있었다.

어느 날은 엄마가 누군가와 전화하는 소리를 들었다. 엄마의 대답으로 내용을 추측하건대 수화기 저쪽의 상대방이 엄마더러 내가 애정 결핍이라서 그런 듯하니 잘 보살피라는 말을 하는 것 같았다. 어린 마음에도 엄마의 통화 상대가 조금 고마웠다. 내가 자다가 이불에 오줌을 싼다는 사적인 얘기를, 나는 누군지도 모르는 사람이 알게 되었고, 그 사람 마음대로 내가 애정 결핍일 거라 지레짐작했는데도 그랬다. 그 대화 덕분에 엄마가 나를(아마 나의 외로움을) 더 존중해 줄 것 같았기 때문이다.

아기가 듣는 앞에서 제삼자에게 아기 이야기를 하고 싶지 않다. 부부 싸움 같은 일로 긴장된 분위기를 만들고 싶지도 않다. 그렇지만 나는 종종 아기 앞에서 이 아기가 이렇다느니 저렇다느니 떠든다. 시간이 지나고 나면 부끄럽다. 지치고 여유 없는 마음을 이기지 못해 아기가 듣는 앞에서 배우자를 나무라는 모습을 보이는 일도 부끄럽다. 모두 아기에 대한 존중이 없는 행동임을 안다.

내 마음대로 아기를 평가해 그에 대해 떠들거나 아기가 어찌할 수 없는 불편한 분위기 속으로 아기를 던져 넣고 싶지 않다. 아기 앞에서 억지로 웃고 싶지 않다. 아기가 나를 가엾게 여기도록 하고 싶지 않다.

나는 밤에 오줌 싸는 습관을 빨리 고치지 못했다. 엄마의 인내심은 끝내 바닥났고, 결국 혼나기 시작했다. 그 결과 나는 몇 번인가 아랫집에서 소금을 얻어 와야 했다. 그때의 엄마는 기운이 많았지만 그렇다고 어린 나의 작은 성취들을 존중하거나 내 마음을 다치게 한 이런저런 일들에 미안해하지는 않았다. 그저 말없이 이불과 잠옷을 빨고 잠들기 전에 엉덩이 부근에 수건을 두툼하게 깔아주었다.

더 이상 망신당하고 싶지 않았는지 나는 곧 밤에 오줌 싸는 일을 그만두었다. 소금을 얻으러 다니는 게 창피했다. 사실은 그저 엄마가 좋았으니까, 엄마가 원하는 대로 해주고 싶었는지도 모르겠다.

아기가 커서 마음이 괴로울 땐 그것을 꼭 글로 쓰면 좋겠다. 혹시 날 닮아 태생적으로 기운이 좀 없다면 더더욱 그러면 좋겠다. 아주 조금 괴로운 일이라도 쓰면서 살기를 바란다. 분명 도움이 된다. 기운이 없는 사람은 힘과 몸으로 그 일을 수습할 수가 없다. 늘 정리하고 아끼면서 살아야 한다. 쓰는 행위는 인생을 정리하고 아끼는 일과 같다. 쓸 방법을 알아두기 위해 많이 읽으면 좋겠다. 때때로 자신이 얼마나 지저분했는지, 얼마나 초라했는지, 얼마나 오래 혼자였는지, 얼마만큼 작았는지, 얼마나 빨리 사라지고 싶었는지를 꾸미지 않고 쓰면 좋겠다. 편하게 살기 위해 애쓰는 것만큼 편하지 않은 인생을 잘 견디는 일도 중요하니까. 이렇게 기운이 없는데도 나는 더 행복해지고 싶어서 아기를 낳았고, 그나마 없던 기운을 더 쓰면서 살고 있다. 아기 앞에서 배우자와 다툰 일과 아기 오줌을 받느라 고생한 일과 어릴 적 오줌 때문에 고생한 일을 글로 쓰고 있다.

무서워

천국 다음은 없어
엄마가 죽으면 어떡해요?
엄마는 안 죽어

엄마가 죽으면 어떡해
천국 다음은 없어..
흐흑..
흑..
엄마가 절대 안 죽으면 좋겠다
너무 무서워..

엄마가 죽을까 봐 그렇게 자주 울던 때도 있었지

아기가 죽으면 어떡해
너무 무서워

신에게 비는 사랑

나와 이름(본명)이 같은 대학 친구 성은이는 미대 실기실에서 작업을 하다가 집으로 돌아가는 버스를 놓치면 학교 앞에 있던 내 자취방에 와서 잤다. 우리는 자려고 바닥에 이불을 깔고 누워서 이런저런 이야기를 하다 이따금 성은이의 돌아가신 엄마 이야기를 나누면서 울었다. 나는 그 슬픔을 완전히 이해하지 못하면서도 함께 눈물을 훌쩍이면서 울곤 했다. 엄마 때문에 우는 사람을 보면 슬펐다. 자려고 누운 어두운 방 안에서 친구가 엄마 때문에 우는 소리를 들으면서 함께 울었던 일을, 아기를 낳고서 종종 떠올린다.

그로부터 10년 뒤 성은이는 나보다 먼저 아기를 낳았다. 그 애가 임신과 출산을 거쳐 육아를 하던 시기에도 나에게는 아기를 낳아 키우겠다는 계획이 없었다. "아기 키우는 일은 어때?" 하고 물으니, 성은이는 "좀 이상한 말일지도 모르겠는데, 아기가 불쌍하다고 해야 하나… 짠해"라고 대답했다.

놀다 엎드려 잠든 아기를 일으켜 안아 침대로 데려갈 때 아기는 내 어깨에 작은 턱을 딱 맞게 괸다. 내 뺨에 부드러운 옆통수가 닿는다. 어쩌면 내 어깨는 이 아기가 딱 맞게 턱을 괴라고 만들어진 부위가 아닐까? 내가 없으면 이 아기는 어느 어깨에 이렇게 턱을 괼까.

이제는 나도, 키우는 나보다 키워지는 아기에게 가여울 이유가 더 많다는 사실을 안다. '귀엽고 사랑스러운 자기 아기가 불쌍하다니?' 하고 성은이의 말에 속으로 반문했던 시절은 까맣게 잊고, 내 아기를 보면서 성은이와 똑같은 생각을 한다. 할 줄 아는 것 없이 무력하고 무능한 아기를 보고 있으면 이 작은 사람이 정말이지 가엾게 느껴진다. 다리가 있어도 혼자서 걷지 못하고 팔과 손이 있어도 스스로 밥을 먹지 못한다. 게다가 너무 작고 연약하기까지 해서 제대로 보호받지 않으면 목숨을 부지하기조차 쉽지 않다. 그러니까 확실히 '짠하다'. 이렇게나 할 수 있는 일이 없고 연약하다니. 심지어 할 줄 아는 말도 없어서 울기만 할 수 있다니. 이토록 제 전부를 타인에게 의지해야만 하는 존재는 처음 봤다. 우리 집의 고양이들도 이 아기만큼 아무것도 못 하지는 않는다. 어서 커지고 튼튼해지렴. 넌 너무 작고 약하구나. 아기를 보면서 소원을 빌었다.

하지만 아기는 다 자라 자신의 의지로 움직이면서 밥벌이를 할 수 있게 되어도 여전히 혼자서는 살아갈 수 없을 것이다. 어딘가에 의지해야만 할 테다. 동시에 자신을 의지하는 누군가를 지탱하겠지. 어딘가에 연결되어 있어야만, 누군가와 서로 의지해야만 우리는 살아갈 수 있다. "아기처럼 굴면 안 돼"라는 말을 들으며 어른이 되지만 아기처럼 누군가와 연결되려고 필사적으로 구는 일을 어른이 된다고 아예 그만두어서는 안 된다. 그러니 세상과, 엄마 아닌 다른 존재와도 계속 연결되라고, 이어서 소원을 빌었다.

엄마가 되고 나서 나는 엄마가 된 성은이와, 성은이 엄마의 마음을 종종 상상했다. 두려움을 받아들이는 일을, 떠난 사람이 남긴 사랑이 여기저기 스며 있는 풍경을. 두려움을 받아들이고 사랑으로 떠나보낸 사람의 마음이 새로 지은 사랑을.

이제는 죽을 수가 없다. 아기가 오래오래 턱을 괼 수 있는 어깨가 되고 싶다. 그러나 살고 죽는 일을 내가 선택할 수 없다. 엄마가 죽지 않고 살았으면 좋겠다고 아기가 빈다 한들 어찌할 수 있는 일이 아니다. 아기가 살고 죽는 일 역시 내가 선택할 수 없다. 아기도 자신이 살고 죽는 일을 스스로 선택할 수 없다.

이렇게 무력하고 간절한 사랑을 오랜 시간 잊고 살았다. 죽음을 처음 인식한 어린 내가 엄마와 아빠의 죽음을 얼마나 두려워했는지, 그들이 오래오래 내 곁에 살아 있기를 얼마나 간절히 기도했었는지가 생각난다. 나의 부모 역시 어떤 날에는 내가 너무 일찍 그들을 떠날까 봐 불안했겠지. 살아오면서 여러 차례 이해할 수 없는 감정들을 겪었지만 두려움만은 언제나 선명했다. 그래서 뚜렷이 기억한다. 어쩌면 아기를 낳아 기를 계획이 전혀 없던 시절의 나는 아기가 아니라 죽음을 두려워한 것일지도 모르겠다. 사랑하는 존재와의 이별이 두려웠던 것일지도 모르겠다.

매일 누군가의 목숨을 신에게 비는 사랑이 다시 시작되었다. 내가 이 세상에 없으면 슬퍼할 누군가를 위해 나의 목숨을 위해서도 기도한다. 신에게 내 목숨을 빌면서 더 오래 살고자 하는 마음이 아기의 삶을 위한 기도처럼 느껴진다. 아기가 덜 불쌍할 때까지, 덜 짠할 때까지 내가 잘 살아 있게 해달라고. 이렇게 열렬한 마음으로 살고 싶었던 적이 있나? 이 마음은 아마도 아기가 신에게 나의 안녕을 기도하는 덕분일 테다. 우리가 서로를 위해 애쓰고 슬퍼하는 일이 사랑이라는 것, 그 아름다운 것을 아기를 낳기 전에는 아주 적게만 알았다. 이제 어떤 슬픔을 더 이해하고 어떤 아름다움을 더 알게 되었다.

작은 사람

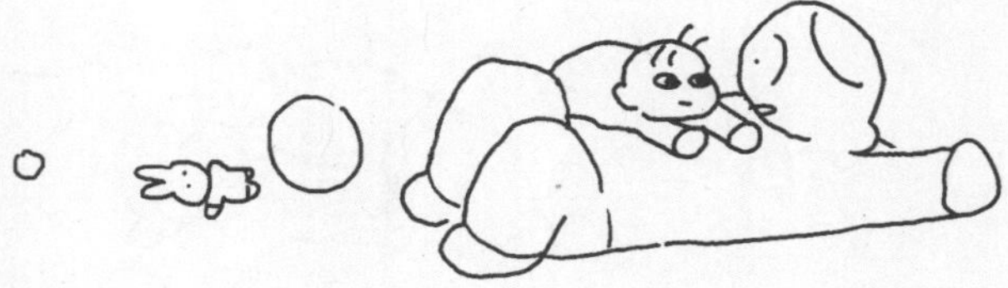

이런 게 작은 사람과 지내는 즐거움일지도 몰라.

모두가 모여 있어서

아기가 태어난 후 처음 맞는 크리스마스를 아기 아빠의 고향인 뉴욕에서 보내기로 했다. 영상통화로만 얼굴을 보던 할머니 할아버지를 만나러 가게 되었다. 분명 모두에게 소중한 시간이 되리라는 생각에 기뻤지만 한편으로는 아기와 열네 시간이나 비행기를 탈 일이 걱정이었다.

실온 보관이 가능하도록 만들어진 이유식과 분유, 기저귀, 가제 손수건 여러 장, 토사물이나 변이 묻을 경우를 대비한 여벌 옷, 턱받이와 대용량 물티슈 한 팩, 소독용 티슈 한 팩(이것까지 챙겨야 하나 싶었지만 화장실에 자주 가기 어려웠고 기내가 생각만큼 깨끗하지 않아서 아주 유용하게 썼다)을 챙겼다. 먹고 싸는 일과 위생에 필요한 물건들을 담은 뒤 그다음으로 중요한 짐, 아기가 좋아하는 장난감까지 몇 개를 골라 가방에 넣으니 커다란 캔버스 가방 절반이 찼다. 아기가 짜증을 내거나 울음을 터뜨릴 때 반드시 필요한 아기 과자도 종류별로 챙겼다. 공갈 젖꼭지도 잃어버리거나 던져버릴 수 있으니 두 개 이상 챙겼다. 만에 하나, 혹시라도 비행기 안에서 잠들 수도 있으니 기대감 약간과 함께 포근한 담요와 끌어안을 인형도 가방에 넣었다. 아기가 시끄럽게 울거나 소리를 질러 주변을 불편하게 만들 경우 양해를 구하며 나눌 간식까지 '아기 여행 가방'에 집어넣고 나니 무게가 천근만근이었다. 그 무거운 가방은 위탁 수화물로 부칠 수도 기내 짐칸에 넣을 수도 없었다. 목적지에 도착할 때까지 끌어안고 아기가 배가 고프거나, 똥이나 오줌을 싸거나, 화가 나거나, 심심하거나, 목이 마르거나, 옷이 더러워졌을 때 필요한 물건들을 꺼내 즉시 그 문제들을 해결해 주어야 했다.

열네 시간의 비행 동안 아기는 거의 잠을 자지 않았지만 우리가 준비한 장난감을 가지고 놀거나 처음 타보는 비행기 안을 살피면서 대부분의 시간을 조용하고 평화롭게 잘 보냈다. 함께 탄 승객들은 아기에게 다정했다. 내가 너무 무서운 소식만 접했던 걸까. 화가 난 승객이 아기 부모를 때렸다든지, 훈계 했다든지, 그래서 싸움이 났다든지, 아기 부모에게 고함을 쳤다든지… 그런 이야기를 많이 들어서 아기를 동반했다는 이유만으로 욕먹을 각오까지 했다. 하지만 무서운 일은 한 번도 일어나지 않았다.

약자를 혐오하는 자신을 얼마나 깨닫기 어려운지 (혹은 얼마나 깨닫고 싶지 않은지)에 대해 자주 생각한다. 운 나쁘게 혐오를 마주했던 날도 떠오른다. 혐오하거나, 혐오받았던 일들.

아기와 비행기에 오르기 두 달 전의 일이다. 겨울이 오면 꼼짝없이 집 안에 머물러야 하는 날들이 길어질 것이기에 가을에는 부지런히 아기에게 바깥 풍경을 보여주려고 했다. 아기는 가로수에 매달려 늘어진 플라타너스 잎사귀, 나무와 나무 사이를 오가는 참새와 까치를 보고 연신 재잘거리며 즐거워했다. 집으로 돌아가는 길에는 '아, 역시 함께 나오길

잘했다' 하며 아기를 데리고 밖에 나온 일을 스스로 칭찬하며 걸었다. 그때였다. 맞은편에서 자전거 한 대가 빠른 속도로 다가오고 있었다. 나는 유아차를 끌고 있어 빠르게 자전거를 피할 수 없었다. 자전거를 탄 아주머니가 날카로운 목소리로 "씨발!" 하고 외치며 우리 곁을 스쳐 지나갔다.

아기가 너무 약하다. 그 약한 사람을 돌보는 데 온 신경을 집중하느라 나도 조금 약해졌다. 약한 아기와 약한 나. 그래서 이제 나는, 내가 속한 사회의 구성원들이 비슷하게 잘 사는 일이 더 크고 많은 생존을 보장한다고 믿고 싶은 사람이 되었다. 아쉬울 일 없던 그전에는 나도 혐오하는 사람이었을지 모른다. 아기는 귀찮다고 생각하면서, 울어서 시끄럽다고 생각하면서, 할 줄 아는 게 없어 멍청하다고 생각하면서, 저 시끄럽고 멍청한 아기를 어찌하지 못하는 부모도 멍청하다고 생각하면서…

상대가 처한 상황이 내 상황만큼 중요하지 않고 그러니 알 필요가 없다고, 함께 사는 우리가 운명을 공유하지 않는다고 생각하면 아무런 죄의식 없이 차가운 사람이 될 수 있었다. 게다가 누군가로 인해 내 일상이 불편해진다는 사실에 집중하면 차가운 마음이 좀 합당하게 느껴지기까지 했다. 혐오하는 사람들은 실제로 정말 나쁜 사람들일까? 그저 얼굴을 모르는 사람들과도 운명을 공유하고 있음을 덜 생각하는 것뿐인지도 모르는데. 평범한 이웃이고 가족인, 그리고 나 자신인.

약한 사람과 함께 살면서 나는 이제 약한 사람들 모두를 신경 쓰게 되었다. 지금의 약한 아기는 언젠가 자라 지혜롭고 강해질 것이다. 나는 작아지고 분별력이 흐려지고 약해질 것이다. 강함도 약함도 영원하지 않고 각자가 가진 존재의 크기는 계속해서 변한다. 그러므로 우리는 반드시 서로를 보듬어야만 한다. 어떤 태도가 외면이고 혐오인지, 어떤 식으로 스스로와 서로를 살리는 일을 포기하고 있는지가 흐릿하게 보이는 세상이지만, 그럼에도 나의 영혼을 손쉽게 가져가려는 값싼 이야기들에는 믿음을 주지 않으려 애를 써본다. 그럴수록 눈앞이 또렷해진다.

비행기 안에서 사람들은 아기를 귀여워하며 귀하게 대해주었다. 혐오는 어느 순간 느닷없이 가까워지고 또 쉽게 멀어진다. 세상에 다양한 사람들이 살고 있어서 다행이다. 쉽게 노여워하지 않는 사람이 되고 싶다.

아기와 긴 시간을 보내며 먼 길을 지나 도착한 할머니 집에서 알록달록한 크리스마스트리를 보았다. 크고 작은 것, 아주 오래된 것부터 새로운 것까지 여러 개의 크리스마스 장식이 달려 있었다. 크리스마스트리에 장식이 딱 한 개뿐이라면 아무래도 섭섭하겠지. 알록달록 다 함께 모여 있어서 예쁜 것이다. 작은 것도 큰 것도 오래된 것도 새로운 것도.

안아

....

안아

....

또잉?
까하하
끄끄끄

또잉?
까하하
콕 콕콕
또잉이
그렇게 웃겨?
또잉?
까하하
하

엄마 배에 다시 들어갈 수 없는 아기가
계속 안으라고 한다.
안아주면 웃는다.
나는 그게 참 신기하고.

서글픈 유행

태어난 지 1년 정도 된 아기는 밤 아홉 시에서 열 시 사이에 불 꺼진 방에서 잠이 든다. 집이라고는 해도 방 한 칸이 전부이니 전등도 한 개뿐이다. 한 개짜리 전등이니 그것을 끄면 온 가족이 잠들어야 한다. 이튿날 새벽 여섯 시에 일어나면 역시나 켜진 불과 함께 잠에서 깬 아기를 보면서 출근하는 아기 아빠의 아침을 차리고 아기의 기저귀를 갈고 우유를 먹인다. 스물다섯 살 엄마의 매일 아침이었다.

"새벽에 일찍 일어났지. 아빠가 그때 일곱 시 반에 출근했던 것 같아. 버스 타고 다녔으니까 여섯 시 반쯤에 일어났어. 신생아 때는 네가 너무 잠을 안 잤어. 외할머니가 그러더라고. 애들은 백일 지나면 밤

낮이 생기니까 기다리라고. 정말 백일 지나니까 밤에는 자고 낮에는 놀고 그랬어. 그때는 진짜 힘들었지. 엄마 손마디가 다 퉁그러졌다니까('퉁그러지다'는 '붉어지다'의 충청도 사투리다. 외할머니가 충청도 출신이어서 엄마의 말에도 충청도 사투리가 섞여 있다). 니가 밤을 새우면 나도 밤을 새우고. 낮에 너 잘 때 같이 잤어. 한번은 너무 잠을 자고 싶어서 소주를 먹고 자려고 소주를 한 병 사 왔어."

"나 때 모유 수유 안 했어?"

"했지."

"모유 수유 하는데 소주를 마시려고 했다고?"

"근데 못 마셨어. 마시지도 못했어. 힘들어서."

"그럼 뭐 하러 샀어, 소주를."

"그때 우리가 살았던 집이 흥남이네(당시 세 들어 살던 집의 아들 이름이다) 방 하나, 저 안방 크기보다 작았다고(그렇게 말하면서 엄마는 거실 안쪽 안방을 가리켰다). 장식장, 문갑, 화장대, 장롱 하나 놓고 살았어. 보증금 30만 원에 월세 6만 원. 그것도 재형저축, '재산형성저축'이라고 금리가 10프로? 그게 있어서 구할 수 있었던 거야. 아빠가 학교 입사할 때 넣었던 건데 돈이 없어서 다시 못 넣었어. 나중에라도 그걸 다시 넣었어야 했는데. 아빠가 월급을 28만 원 받아 왔어. 전세는 3백이면 받았고. 서울도 그랬으려나? 그래도 그때는 서울이랑 지방이랑 그렇게 차이가 많이 안 났지. 서울이 더 비싸긴 했지만 지금 같지는 않았어. 그때는 정말 쓸 돈이 없었어. 아빠가 버스를 타고 출퇴근하니까 버스비도 필요했어. 거기다 물세, 전기세, 월세… 분유는 한 통에 5, 6천 원 했어. 큰 통.”

“기저귀값 같은 건?”

“(손사래를 치며) 기저귀값은 무슨, 기저귀는 다 천 기저귀 쓰는 거지. 빨아서. 외할머니나 할머니가 도와주는 건 일절 없었고 외갓집에서 산후조리를 하고 돌아가면 그냥 애 보는 거였어. 외갓집에서는 한 달 있었어. 외할머니도 농사짓느라 바쁘고, 아빠도 새 학기 되면 출근해야 하니까. 아빠 밥 챙겨주려면 외갓집에 오래 있을 수가 없었지.”

“80년대다 정말. 남자들은 혼자 밥을 해 먹을 수가 없었네.”

"그때는 다 그랬지 뭐. 산후조리를 1년은 해야 좋다는데 옛날에는 그런 게 어딨어. 시골에서는 밭매다가 애 낳고 그랬고. 한쪽에 애 눕혀놓고 계속 일하고. 그러니까 신생아 백일잔치 하고 돌잔치 하고 그랬지. 백일 동안 살고 1년 동안 살았다고 잔치하는 거지. 애들이 쉽게 죽었거든. 마루 같은 데서 떨어져서 죽고, 아파서 죽고."

"아빠 출근시키고 나면 뭐 해?"

"뭘 어떻게 보내긴, 너랑 그냥 놀았어. 둘이서. 단칸방에서. 네가 단칸방에서 몇 달 살았지? 그다음에는 방 하나 부엌 하나 있는 거기를 전세 3백으로 갔어. 백만 원은 모은 돈이었고 외할머니가 2백을 빌려주셨어. 28만 원을 받아서 10만 원을 주택부금에 넣었어. 우리는 너 애기 때 차도 없는데도 할머니 할아버지네를 한 달에 한두 번은 갔어. 너 한 달 때부터, 태어난 지 한 달 된 애기를 데리고. 그때 성규 외삼촌이 핑크색 우주복을 사줬어. 그걸 입혀가지고 3월에 처음으로 갔을 거야."

그때 아빠가 불쑥 끼어들었다.

“나는 좋았던 기억은, 외갓집에서 김장을 하면 김치를 잔뜩 얻어 와. 그때는 냉장고가 없으니까 그게 금방 익잖아. 그러면 그걸로 만두를 거의 2백 개씩 만들어.”

나는 아빠가 눈치가 없거나 눈치가 빠르다고 생각했다.

“그럼 내가 옆에서 꼬무락거리고 있는 사이에 엄마는 만두를 2백 개씩 만들었던 거네.”

“너는 백일 지나고부터는 착했어. 그때는 전세가 1년 계약이었어. 우리가 기택이네서 1년 살았나? 1년보다는 더 살았나. 그러다 ○○아파트로 이사를 가서 2년을 살았어. 그 방에서 니가 기어다니면서 놀았어. 그 방도 쪼그맸지…”

“그냥 마냥 기어다녀? 보행기 없었나?”

아빠가 다시 끼어들었다. “보행기 있었지. 까딱까딱하는 거 있었잖아.”

엄마는 고개를 저었다. “그건 바운서지. 보행기 없었어. 장난감도 없었어.”

“아이고.”

"갈 데도 없었어."

"엄마 산후 우울증 오기 딱 좋았겠다."

"그런 것도 몰랐어. 답답하고 그러지도 않았어. 너도 애기 키우면 알겠지만 애가 변하는 거 보면 또 재밌고 그렇다. 그 집에서 기억에 남는 게 있어. 우리가 화장대 서랍에다 돈을 넣고 썼거든. 아빠는 항상 집에 돌아오면 돈을 세어봐. 근데 아빠랑 싸우고 내가 돈은 다 찢어버리고 아빠는 밥상을 엎었어. 그다음에 내가 너를 둘러업고 택시를 타고 외갓집에 갔어. 근데 시골 노인네들이라 외할머니 외할아버지가 마당 평상에 벌써 요 깔고 자고 있는 거야. 두 분이 자다 일어나서 깜짝 놀랐지. 그런 일도 있었어. 다음 날 아빠가 나랑 너를 데리러 왔어. 그때는 진짜 막 돈이 없어가지고. 니가 병원에 가야 되는데 돈이 없어가지고, 어디에서 꿔서 갔던가. 그랬어.

아빠는 퇴근을 여섯 시, 여섯 시 반이면 하고 왔어. 아빠 학교 일과가 다섯 시, 다섯 시 반에 끝나고, 나는 한 다섯 시부터 밥 준비하고."

"그러면 엄마 아빠 밥 먹을 때 나는 뭐 해?"

"너는 순했어. 그냥 혼자 놀았어. 쿠크다스 같은 거 하나 쥐여주면… 엄마 밥하면 텔레비전 앞에 서서 그거 보고. 밥하다가 들여다보면 혼자 놀고 있고. 수월했어. 언제 한번은 자는데 니가 칭얼대서 기저귀를 보니까 밑이 불편한 거 같애. 그때는 이유도 모르고 ○○병원 응급실을 갔는데 의사가 보더니 발진 처치를 해줬어. 간단하게. 갔다 와서 잠들었지. 니들 어릴 때는 자면은 김도 재워놓고 반찬도 해놓고 바빴어. 지금처럼 김밥집 같은 게 있기를 해, 반찬을 또 누가 사 먹어.

성규 외삼촌이 한 번씩 외갓집에 밥 먹으러 오라고 하면 가더라도 둘 다 먹지를 못하고 한 명은 애를 봐야 돼. 유아차가 있어도 요즘 것처럼 그렇게 좋지도 않아서 다닐 때 고생스러웠지."

"그럼 아빠 밥 다 먹을 때까지 나는 안 자고 있다가 다 먹으면 씻기고, 여덟 시 아홉 시에 자는 거야?"

"방이 한 칸인데 어떻게 해, 그럼. 그때 다 같이 자는 거지."

"그러고 여섯 시 반에 일어나고?"

“아니야, 기저귀. 천 기저귀니까 새벽에 바꿔줘야 돼. 오줌 싸면 축축하니까 니가 울었거든. 갈아주면 다시 자고. 깰 때마다 기저귀 갈아주고, 중간에 분유도 타서 주고.”

“하기스 맥스 드라이 기저귀가 없던 시절이구나.”

“할머니네로 갈 때 하기스에서 기저귀가 나왔는데 종이 기저귀였어. 일자로 된 거니까 잘 새서 옷이 다 젖어. 그 겉에 입히는 옷, 비닐로 된 게 ‘아가방’ 같은 데서 나왔어. 근데 그거를 입혀도 샐 때가 있었어. 일자니까 비틀어지면 샜어. 하기스도 너 낳고 좀 있다가 나온 거 같아.”

“애기랑 주말에는 뭐 해?”

“옛날에는 차도 없고 갈 데가 없었다니까. 게다가 돈이나 있어? 그냥 외갓집이나 가든가, 너가 유아차 탈 수 있을 때 돼서야 유아차 태워서 놀다 오고 그랬지. 아빠는 지금도 노아 유아차 태우는 거 좋아하잖아. 아빠가 너 데리고 나가서 산책 많이 시켰어.

너 9개월쯤 됐을 때 내가 감기에 걸렸다고 아빠가 나더러 외갓집으로 가래. 내가 애기를 놓고 어디를 가냐고 그랬더니 아빠가 너를 데리고 그냥 서울 할머니 집에 간 거야. 너한테 감기 옮긴다고. 근데 할머니가 또 아빠를 집으로 돌려보낸 거지. 보통 남자 같으면 애 안고 우유 가방 들고 가니? 다들 홀아비인 줄 알지. 갔는데 할머니가 혼내가지고 다시 집으로 보낸 거야.”

“나도 짠하지만 아빠도 딱하다. 자기 엄마한테 문전박대당했네.”

“그래, 아빠도 불쌍했어.”

태어난 지 1년 된 내 아기는 저녁 여섯 시에서 여섯 시 반 사이에 잠이 든다. 암막 커튼을 쳐서 어두운 방 침대에 아기를 눕히고 작은방 문을 닫고 나오면 그때부터 미뤄둔 내 일을 할 수 있다. 아기가 잠든 방은 내 생활 공간과 분리되어 있기 때문에 아기가 잔다고 해서 함께 잠자리에 들 필요는 없다. 아침 일곱 시면 배우자가 아기를 깨워 방에서 데리고 나와 놀아주고, 그동안 나는 우리 세 가족이 먹을 아침밥을 준비한다. 나는 한 살짜리 나를 키우던 엄마보다 열 살은 더 나이가 많고 남편과 나는 그 시절의 내 부모처럼 돈에 쪼들리지는 않는다. 우리는 단칸방에 살지 않는다. 손주를 안고 찾아온 자녀를 도로 돌려보내는 부모가 있는 것도 아니다. 그 부모에게 매달 생활비를 보내야 하는 것도 아니다.

한국의 출생률 통계를 보면 내가 태어난 1988년도의 합계출산율은 1.55퍼센트를 기록했다. 내 아기가 태어난 2024년에는 0.75퍼센트. 절반에도 못 미치는 수치다.

내 부모가 보증금 30만 원에 월세 6만 원을 내는 단칸방에서 시작해 방과 주방이 분리된 집으로, 방이 두 개 있는 소형 아파트로, 방이 두 개 있는 대단지 아파트로, 방이 세 개 있는 대단지 아파트로, 방이 세 개 있는 신도시 아파트로 이사를 하는 데 30년이라는 시간이 걸렸다. 아빠가 IMF에 영향을 받지 않는 직장에 다녔던 것, 분양가가 저렴하던 시절 아파트 청약에 당첨되었던 것이 내 원 가정의 재산 형성에 큰 도움이 되었다. 재산을 늘리기 위해 도전을 할 일이 없었기에 큰돈을 벌지는 못했어도 잃은 돈도 없었다는 점 역시 도움이 되었다. 아빠는 외벌이었고 주식과 부동산 투자에도 문외한이었다. 복권 한 장 사본 적 없고 오로지 월급만을 차곡차곡 모았다. 청각장애가 있는 아들을 위해 몇 차례 목돈을 써야 할 일이 있었지만 월급을 알뜰살뜰 모으면 집을 살 수 있는 시대에 한창 일하는 시절을 보냈다.

자주, 이 경제 구조 속에서 내게 기회가 주어지지 않는다는 느낌에 시달린다. 내게 온전한 것은 정신과 몸뚱이뿐인데 정신과 몸조차 돈이 얼마나 있느냐 하는 문제에 크게 영향을 받는다.

기회가 없다고 생각하는 사람들이 '미래의 사랑'과 그 '기회 없는 느낌'을 공유하고 싶지 않다고 여기는, 좀 서글픈 유행이 있다. 우리는 더 부유해졌고 더 많이, 오래 교육받아 세련되어졌지만 사랑하는 사람을 만들거나 결혼을 하거나 아기를 낳아 키우는 일은 버겁다고 느낀다. 가난하고 촌스럽고 최소한으로만 교육받거나 그나마도 여의치 않았던 우리 부모 세대가 '다들 이렇게 사는 거라더라' 하며 인생에 꼭꼭 밀어 넣던 일들을.

할 수 있는 만큼

아기를 낳은 후 귀가 바빴는데

누가 뭐라 하든 신경 안 쓰는 성격이
아기를 낳고 나니 도움이 되었다.

이제 아기는
어린이집에 가고

나는 좀 쉴 수 있게 되었다.

이마저도 돌 전에는 언감생심이었다.

집에 와서 아기와 좀 놀다가
아기 아빠와 영상통화도 시켜주고
저녁밥을 먹이고 나면

재울 시간이 된다.

내일 또 재미있게 놀자
사랑해 잘자
으응

도움이 필요해

목 안이 깔깔하고 근육통과 두통에 시달린 지 이틀
째였는데 대수롭지 않게 넘겼다. 아기를 등원시키
고 집에 돌아와 집안일을 하고 간단하게 요기를 한
뒤 꾸벅꾸벅 졸다가 결국 잠들었고 일어나 눈을 떠
보니 세 시 50분이었다. 세 시 반까지 아기를 데리러
가야 하는데, 맙소사. 나는 침대 밖으로 거의 튀어 나
가다시피 했다. 어린이집에 도착하니 아기는 형, 누
나들과 블록 놀이를 하고 있었다. 그러다 엄마를 발
견하고는 방긋 웃으며 기쁜 걸음으로 다가와 손에
쥔 빨간색 블록을 건넨 뒤 언제나처럼 나를 꼭 끌어
안았다. 미안해, 엄마가 늦었지, 깜빡 잠이 들었어.
친구들이 하나둘 떠날 때 엄마는 언제 오려나 싶었

을 것이다. 생계를 위한 일을 하다가도 아니고 잠이나 자다가 아기를 기다리게 하다니. 정말 미안했다.

아기와 어린이집에 처음 갔던 3월이 기억난다. 등원 첫 주에는 나도 교실에 들어가서 아기와 함께 한두 시간씩 놀다 아기와 함께 귀가하곤 했다. 그다음에는 나 없이 아기만 있다가 오전 간식을 먹고 어린이집에서의 일과를 마쳤다. 그렇게 며칠에 거쳐 유동적으로 바뀌는 귀가 시간에 맞춰 아기를 데리러 갔다. 그런 식으로 며칠 후에는 점심을 먹고 일과를 마친 아기를, 또 며칠 후에는 점심 먹고 낮잠까지 자고 난 아기를 데리고 집으로 돌아왔다. 한 달이 지나고부터는 어린이집에서 오전 오후 시간을 모두 보내고 오후 간식까지 먹은 아기를 데리러 갔다. 처음에는 함께, 그러다 차츰 떨어져 있는 시간을 조금씩 늘려가는 일이 작고 예민한 동물을 공들여 적응시키는 과정 같았다. 어린이집에 다닌 지 다섯 달이 된 지금 아기는 아침 아홉 시 반부터 오후 세 시 반까지 약 여섯 시간을 어린이집에서 보낸다.

아기를 막 낳았을 당시 어린이집 신청 앱 속 지도

에 표시되는 어린이집들을 보면서 각각의 시설마다 적게는 서너 명에서 스무 명 혹은 2백 명 이상 대기자가 있다는 사실에 놀랐다. 최근 낮아진 출생률로 폐원하는 어린이집이 많다는 건 다른 세상 이야기인 듯했다. 어린이집에 가려는 아이들이 이렇게 많은데 무슨 소리냐 싶었다. 이제 막 태어난 아기를 두고 몇 살부터 어린이집에 보내야 할지 결정한 것도 아니었는데 어린이집 앱을 둘러보다 우선은 대기를 걸어야겠다고 마음먹었다. 아기를 언제 어린이집에 보낼지는 순번이 오기를 기다리는 동안 고민해도 충분할 것 같았다.

어린이집에 왜 보내야 하는가. 임신 때부터 아기를 낳으면 어린이집에 빨리 보내게 될지도 모르겠다고 생각했다. 나는 체력이 평균에 한참 못 미친다. 친정과 시댁으로부터 돌봄 지원을 받을 수도 없는 상황이다. 자영업자인 배우자는 육아에 적극적으로 참여하려는 의지가 강하지만 자영업 특성상 집에 머무는 시간이 적고 아기 돌보는 일에 많은 시간을 할애할 수 없다.

게다가 우리 부부는 인간관계의 범주가 한정적이고 두 사람 다 외향적인 성향도 아니다. 각자의 직업 특성상 주위에 아이 없는 부부나 비혼 친구들이 많은 편이다 보니 지인들을 통해 아기에게 친구나 사람 만날 일을 만들어주기도 어렵다. 방문 수업 선생님이나 베이비시터를 장기 고용할 수 있을 만큼 경제적 여유가 있는 것도 아니다.

아무리 생각해도 내가 앞으로 헤쳐나갈 육아 생활에는 아기와 나 둘뿐이었다. 아기에게 해주고 싶은 일들을 어떻게 실현할지에 대한 고민보다 내가 무너지지 않으면서 지속 가능한 양육 방식을 정하는 쪽이 더 급했다. 아무리 모성애가 끓어넘친다 해도 돌봄을 열정만으로 할 수는 없다. 피로에 절어 아기와 하루 종일 기운 없이 보낼 미래가 너무 쉽게 그려졌다. 나는 곧 보육 시설의 도움을 받아 단 몇 시간일지언정 아기와 내가 상호작용하며 보내는 시간의 질을 높이고, 다양한 사람을 만나지 못하는 환경을 보완해 주자고 마음먹었다. 소셜미디어에 자주 등장하는 유명한 소아과 선생님들과 육아 인플루언

서들은 "무조건 36개월까지는 엄마 품에서 자라야 정서적으로 안정됩니다"라고 하지만 그 이론도 사람과 상황에 따라 달리 적용될 수 있다. 36개월이 넘도록 가정 보육을 받았지만 불안정한 내가 산중인이다. 대세를 이루는 육아 이론을 알아두는 일도 중요하겠지만 양육자인 자신의 한계를 파악하고 당사자가 선택한 육아 방식을 기복 없이 지속하는 쪽이 더 좋은 양육인 것 같았다. 그리고 어린 시절을 우리가 내린 결정에 기대 생활해 나갈 아기를 믿어야 했다. 갓 출산했을 때는 당장에 결정력이 없는 아기를 대신해 좋은 선택만을 해야 한다는 생각에 압박감이나 좌절을 느끼곤 했는데 양육자인 내 한계를 설정하고 나니 오히려 육아라는 이 기나긴 마라톤을 나름대로 잘해볼 수 있겠다는 생각이 들었다.

아기를 어린이집에 보내기 전까지 나는 서울시에서 제공하는 시간제 보육실도 적극적으로 이용했다. 우리가 사는 마포구 망원동에는 가까운 시간제 보육실이 없어 집에서 조금 떨어진 도화동 시간제 보육실에 다녔다. 집으로부터의 거리, 대중교통 접

근성, 아기의 선호도를 고려해 세 군데 정도를 가본 후 결정했는데 그곳에서 아기가 편하고 즐거운 시간을 보내는 것을 느꼈기 때문에 여러 번 갔다. 노는 아기의 모습을 사진으로 찍어 보내주는 점도 좋았다. 시간제 보육은 어린이집과는 다른 운영 방식으로 돌봄을 제공하기 때문에 간식이나 식사 등을 모두 따로 챙겨가야 했는데 그 일도 소풍 가는 아기에게 도시락을 싸주는 기분으로 즐겁게 할 수 있었기에 괜찮았다. '서울형' 시간제 보육실 일부 기관에서는 비용을 내면 식사를 제공한다. 지자체별로 지원하는 형태와 내용이 조금씩 다르니 비교해서 알아두면 좋다. 나는 '육아종합지원센터' 홈페이지를 통해 유용한 정보를 많이 얻었다.

시간제 보육을 이용하면서 나와 아기는 어린이집 입소 전 일종의 예행연습을 한 셈이 되었다. 아기가 한 살이 되자 대기를 걸어두었던 어린이집에 가게 되었기 때문이다. 아기는 건물 앞 넓은 마당이 장점인 국공립 어린이집에 입소했다.

이제는 아기가 어린이집에 다니는 덕분에 그전에

는 엄두도 내지 못했던 여유가 생겨 시간에 쫓기던 일들을 더 꼼꼼하게 할 수 있다. 아기도 어린이집 생활에 잘 적응한 것 같다. 아침에 교실에 도착하면 선생님에게 스스로 걸어가 안긴 후 내게는 씩씩하게 손을 흔든다. 아기란 이렇게 금세 크는 존재구나 싶어서 놀란다.

자다가 아기를 늦게 데리러 간 이야기를 배우자에게 했더니 "형, 누나들이랑 블록 놀이 하면서 즐거웠겠네. 좋았겠다"고 한다. 욕먹을 각오로 말한 건데 뜻밖의 답변이 돌아오니 뭉친 어깨가 스르르 풀리는 느낌이었다. 내가 감기에 걸렸다는 사실은 그날 저녁에 알았다. 씩씩하고 용감한 아기, 사랑으로 아기를 돌봐주시는 어린이집 선생님들, 여유와 믿음으로 곁을 지켜주는 배우자… 아무리 감기에 걸렸어도 이 정도면 더 바랄 게 없다고 생각하면서 약을 챙겨 먹었다.

요즘 서울에서는 이웃의 얼굴 한번 보지 않고도 이사를 오고 나가는 일이 심심치 않게 벌어진다. 은퇴 후에도 아르바이트를 하느라 바쁜 할머니 할아버지가 많고, 친척들이 뿔뿔이 흩어져 사는 경우도 많으니 조부모나 친척으로부터 육아 도움을 받기 어려운 가정도 많을 것이다. 아기의 부모가 적극적으로 육아 지원 제도와 주변 사람들의 도움을 받는 일이 아기가 도움을 받는 일로 연결되는 '작은 가족' 세상이다. 타인과 제도를 믿기 어려운 때도 있지만 육아에 있어서는 아는 것만 믿고 버티기가 더 어렵게 느껴진다.

잘 부탁해

!!
똥쟁아
응가 하고 나면
배고프지?

...
괜찮아
...
고마워

어리고 지저분한 나를 사랑하는 마음으로 나를 키운다.
그리고 키워진 내가 아기를 키운다.
잘 부탁해, 아기들아.

돌보는 사람

아이가 없던 시절에는 한 살에서 두 살 사이의 아기가 얼마나 믿기 어려울 정도로 급성장하는지 알 방법도 필요도 없었다. 이제는 내가 낳은 아기와 함께 살고 있으니 알아야 하고, 알게 되었다. 내가 아직 세 살, 네 살, 여덟 살, 열세 살의 아이를 모르니 지금의 변화를 가장 극적으로 느끼는 것인지는 모르겠다. 여하간 한 살에서 두 살 사이의 아기에게 일어나는 변화는 정말 드라마틱하다. 어떤 일이 일어나는가. 걷고 뛰고 말을 한다. 즉 하고 싶은 일이 생기고 자신의 의지를 표현한다. 말도 못 하고 자기 몸을 뜻대로 움직이지도 못하고 아는 것도 없던 사람이 스스로 뭔가를 하는 사람이 된다. 아기 입장에서도 천지가 개벽하는 경험이 아닐까. 이런 이유로 말과 표정으로 새롭게 의사를 표현하고 행동으로 보여주는 아기의 하루하루를 지켜보는 재미가 늘었다. (물론 아기가 떼를 쓰면서 제 마음대로 하려고 버티는 날도 늘었다.) 내가 없는 곳에서도 많은 시간을 보내는 아기에게 어떤 일이 있는지 이전에는 돌보는 사람이 말해주지 않는 한 알 길이 없었지만 이제는 아기의 몇몇 행동을 보는 것만으로 추측할 수 있다.

매주 일요일 밤이 되면 나는 깨끗이 빨아둔 '낮잠 이불'을 갠다. 월요일 아침이 되면 이 낮잠 이불을 등원하는 아기와 함께 어린이집으로 보낸다. 금요일에는 한 주간 쓰인 이불이 집으로 돌아온다. 어느 금요일에는 어린이집에서 돌아온 아기가 자기와 함께 돌아온 낮잠 이불 뭉치를 손으로 팡팡 두드리며 펼쳐달라고 했다. 원하는 대로 해주었더니 침대에 있던 애착 인형을 들고 와서 펼쳐진 요 위에 눕힌 아기가 그 옆에 가만히 고개를 숙인 채 인형을 토닥거렸다. 그때 아기의 얼굴이 무척 행복해 보여서 마음이 따뜻해졌다. 아, 어린이집에서 선생님이 아기

들을 낮잠 재울 때 하는 행동을 그대로 따라 하고 있
구나, 자기가 아는 걸 내게 보여주고 싶었구나, 낮잠
자는 시간이 즐겁구나 싶었다. 내가 모르는 시간에
내 아기를 재워주는 사람들의 다정한 토닥임이 머
릿속에 그려졌다.

저녁 시간이 되면 잠들기 전까지 할 일이 순서대
로 정해져 있어서 나도 아기도 편하다. 저녁밥을 먹
이고, 엉덩이를 닦이고 기저귀를 갈아준다. 좋아하
는 책을 두어 권 읽어준다. 아기는 우유를 한 팩 마
시고, 물을 몇 모금 마신 뒤 양치를 한다. 그다음에는
고양이들에게 잘 자라고 인사를 나눈 뒤 나와 5분쯤
하루 동안 있었던 일에 대해 이야기한다. 이때 아기
는 거의 응, 야옹, 삐뽀삐뽀, 냠, 아야 등의 말을 하고
주로 내가 떠든다. 아기에게 "어린이집에서 친구들
(같은 반 친구들의 이름을 한 명씩 말해주면 좋아한다)이
랑 선생님이랑 즐거운 하루 보냈어? 재미있었어?"
하고 묻곤 하는데, 어느 날은 '선생님'을 말할 때마다
집게손가락을 입에 쏙 넣는 시늉을 하며 "암냠" 하는
것이다. 그 반응이 귀여워서 "노아가 '암냠' 할 수 있

게 선생님이 도와주셨어?"라고 물으니 "응" 하고 대답하며 야무지게 고개를 끄덕였다. 그렇구나, 선생님은 노아가 얌냠 맛있게 먹을 수 있도록 도와주는 중요한 사람이구나. 내가 모르는 시간에 아기의 입 속에 밥과 반찬을 올린 숟가락을 쏙쏙 넣어주는 사람들의 분주한 손놀림이 머릿속에 그려졌다.

아기를 어린이집에 보내야겠다고 결심한 후 어린 아기를 어린이집에 보내는 '비정한 엄마'에 대해 갑론을박을 펼치는 사람들과 잊을 만하면 나오는 어린이집 교사의 아동 학대 소식 사이에서 눈치를 봤다. 내가 속한 이 사회에서 아기 엄마를 향한 시선은, 애국자라는 추켜세움과 누구라고 특정하지는 않으면서 은근슬쩍 양육 방식을 공격하는 모순으로 설명된다. 아기를 낳았다는 이유만으로 얼굴도 모르는, 잠깐 스쳐 가는 수많은 사람이 만든 심판대에 올라야 한다. 내 아기를 향한 평가가 바로 나에게로 이어지기도 한다.

2년 동안 아기를 키우면서, 쉴 새 없이 쏟아지는

뉴스와 소셜미디어 정보가 엄마의 정신 건강에 좋을 게 하나도 없다는 사실을 몸소 실감했다. 이건 아기를 키우지 않는 사람에게도 마찬가지다. 그런데 출산이라는 커다란 신체 변화를 겪고 몸도 마음도 약해질 대로 약해진 아기 엄마에게라면 더욱 해롭다. 인터넷 속 사람들은 빠르게 결론짓고 평가한다. 상황을 입체적으로 살피지 않는다. 종종 나 역시 평가를 내리는 위치에 있는 편이 안전하다고 느낄 때가 있다.

타인의 의견이나 평가에 휘둘리지 않으려면 내가 어떤 사람인지 알고 있어야 한다. 자신이 어떤 인간인지 알려면 고독해져야 한다. 그러나 인터넷이 있는데 어떻게 고독해진단 말인가. 사람들은 연결되어 있는 듯 단절되어 있고 고독한 적 없이 외롭다. 쉽게 평가 내리기보다 상황을 두루 살펴 느리게 결론짓기 위해서는 따분하고 지루할 정도로 시간과 품을 많이 들여야 한다. 자본주의 사회가 추구하는 자극적인 즐거움과는 정반대되는 일이다. 그런 방식으로 살고 싶은 사람들의 매력은 쉽게 눈에 띄지 않는다.

여유는 없고 외로움은 넘치는 사회에서, 보살피고 싶지는 않지만 보살핌을 받고 싶은 사람은 넘쳐나는 사회에서, 돌봄 노동을 하는 이들이 곳곳에서 피로와 어려움을 호소하는 사회에서 돌보고 보살피는 사람들이 있다. 생각하면 생각할수록 돌보는 사람들이 이렇게나 중요한 일을 하고 있는데 왜 이토록 덜 중요하게 대해지는지가 궁금해졌다. 빨리, 그리고 눈에 띄어야만 이긴다고 믿는 사회여서일까? 돌보느라 속도를 내거나 눈에 띌 수 없는 사람들을 폄훼하는 일이 이렇게 자주, 많이 일어나는 것이.

가족과 공동체의 일이었던 돌봄은 가족과 공동체가 빠르게 사라진 세상에서 돌봄을 업으로 삼은 사람이 돈을 받고 하는 일이 되었다. 그런데 어떤 사람들은 돌보는 사람의 돌봄을 믿지 않는다. 아니, 정확히는 그들에게 지불하는 돈을 믿지 않는 건가? 그 믿을 수 없는 돈이라는 꿈에 몸과 마음의 자유를 내어주고 있으면서도?

토닥토닥 가슴을 두드려 낮잠을 재우고 맛있는

음식을 입에 쏙쏙 넣어주는 사람. 엄마가 곁에 없을 때 엄마가 할 일들을 대신 해주는 사람. 눈앞에 아기가 없을 때면 돌보는 일을 대신하는 그들의 모습을 자주 떠올린다. 더 작은 단위로 쪼개지고 사라져 가는 공동체의 일을 돌보는 사람들이 대신하고 있다. 고마운 사람들. 아기를 사랑하는 만큼 돌보는 사람들의 소중함을 알게 되었다. 이번 주에도 나는 어린이집에서 돌아온 아기의 낮잠 이불을 깨끗이 빨고 일요일이 되면 잘 개어둘 것이다. 월요일이 되면 아기는 이불과 함께 어린이집에 가서 낮잠 시간이 되면 제 이불을 팡팡 두드려 펼쳐달라고 할 것이다. 선생님이 가슴을 토닥토닥 두드려주면 기분 좋게 잠들 것이다. 아기를 돌봐주는 고마운 사람들의 얼굴과 손을 떠올린다. 중요한 일을 하느라 눈에 띄거나 빠를 수 없는 고마운 사람들의 마음이 쉽게 지치지 않도록 성급한 판단과 납작한 평가는 멀리하는 사람이 되자고 다짐한다.

나도 그래

아기에게 할 줄 아는 말이 생겼다.

화가 날 때도

엄마!

슬플 때도

음마아..

뿌듯할 때도

뭔가 말하고 싶은데
할 수 있는 말이 없을 때도
'엄마'라고 한다.

언제까지
엄마 엄마만
할래 ~
다른 말도
해봐
...
어 엄마야
휙

엄마도
엄마엄마 해
엄맘마
~

아기의 운명

엄마를 미워할 때 나는 따뜻한 아이스 아메리카노 같은 사람이 된다. 따뜻한 것도 아니고 차가운 것도 아니고 어쩌자는 거냐 싶어 멋이 없고 그래서 창피한. 엄마를 사랑하면서도 미울 때면 이 사랑이 초라하게 느껴져서 부끄럽다.

하루는 아기의 작은 몸이 불덩이가 되었다. 마음이 초조해서 30분마다 아기방에 들어가 체온을 재고 물수건을 바꿔주며 바쁜 밤을 보냈다. 해열제를 먹이고 해열 시트를 붙여주고 이리저리 애를 썼는데도 열이 내려가질 않았다. 아파도 약을 먹이고 좀 도닥여 주면 씩씩하게 잠들던 아기였는데 몸이 불덩이가 되니 계속 잠을 설치고 자리에서 일어나 울었다. 안아주어도 울음을 그치지 못하던 아기는 먹은 것을 다 게워내기까지 했다. 깨끗이 씻겨 보송해진 후에도 서러움이 가시질 않는지 계속 울었고 잘 울지 않는 아이가 이렇게 계속 운다면 방법이 없다고 생각했다. 견뎌야 했다. 우리는 함께 바닥에 누웠다. 나는 아기에게 팔베개를 해주었다. 토를 해서 속이 편해졌고 씻어서 개운한 데다 평소에는 같이 잠들지 않는 엄마가 옆에 누워 있으니 아기가 기뻐하는 게 보였다. 아기는 속상해서 씨근대던 소리를 점차 도로롱도로롱 하는 소리로 바꿔 내다가 스르르 잠이 들었다. 그런 아기가 귀여워서 등을 두드렸다. 토닥토닥. 그러다 문득 익숙한 기분이 들었다. 누가 내 등을 이렇게 도닥여 주었지, 누가 내 어깨를 이렇게 도닥여 주었더라.

엄마는 어떤 때는 나를 가엾게 여기며 잘해주었고 어떤 때는 나를 초라하고 작게 만드는 방식으로 못 살게 굴었다. 내가 옆자리 짝에게 받아 온 편지를 몰래 읽고 내게 '병신 같은 년'이라고 소리 지르던 엄마, 열이 나는 내 이마에 물수건을 얹어주며 힘들어하는 나의 작은 등을 아주 오랫동안 토닥거려 주던 엄마, 열이 나서 침대에 누워만 있던 내게 비싼 아이스크림을 사다 주었던 엄마를 동시에 기억하다 보면 마치 수영하다 코에 물이 잔뜩 들어가는 것 같은 버거움이 느껴진다. 나는 엄마의 아기라서 엄마와 함께했던 일들을 너무나 잘 기억하고, 엄마는 너무나 쉽게 잊는다. 엄마는 나쁜 일뿐 아니라 내게 잘해준 일들도 잘 기억하지 못한다.

아기 등을 동동 두드리는데 아기가 나를 보면서 배시시 웃는다. 작은 미움도 들어설 공간 없이 다정한 공기가 방 안에 가득 찬다. 이런 순간은 절대로 잊지 못할 것 같은데, 나의 엄마는 너 아기 때 일은 너무 오래되어서 기억나는 게 별로 없다는 말을 자주 한다.

엄마는 내가 태어나서 가장 처음으로, 그리고 정말 오랜 시간 쉬지 않고 사랑한 사람이다. 나를 낳은 사람이라고 해서 이렇게까지 사랑하는 게 맞나? 아기를 낳은 뒤로 나는 아기의 사랑이 얼마나 무조건적인지에 대해 더 자주 생각한다. 열이 펄펄 끓는데도 엄마가 옆에 누워 있다고 기분이 좋아 웃는 내 아기. 낳아주었다는 이유만으로 이렇게까지 사랑한다니.

아기가 아팠던 건 '돌치레'라고들 하는 돌 발진 증상 때문이었다. 나흘간 떨어질 기미가 없던 열이 내리니 몸에 발진이 올라왔다. 그제야 아기가 돌 발진을 앓았음을 알았다. 열이 올라 성질도 못 부리는 때를 지나 기운이 좀 나니 아기는 금세 짜증을 내면서 울었다. 단순 울음이 짜증 울음으로 바뀌었을 뿐인데 타격감은 훨씬 컸다. 새끼 원숭이처럼 품에 달라붙어 떨어지질 않았고 저를 내려놓을 것 같으면 바로 대성통곡을 했다. 불편해서 짜증을 내는데 방법이 있나. 애는 이제 겨우 한 살, 할 줄 아는 말이라고는 '엄마, 아빠, 맘마' 외에 두어 가지뿐이다.

"어머니, 제가 지금 발진이 올라와 피부가 따끔하고 불편합니다. 너무 불쾌해서 자꾸만 눈물이 납니다" 하고 침착하게 하소연하는 아기를 상상해 본다. 서른일곱 살인 나도 똑바로 못 하는 일이네. 그러니

한 살배기에게 뭘 바랄 수 있단 말인가. 그런 생각을 하며 마음을 달래는데 아기가 푹푹 찌는 폭염에 밖으로 나가겠다고 현관문을 가리키며 "나아, 나아(나가, 나가)" 한다. 발진이 올라온 얼굴이 이미 폭염에 한바탕 산책을 마친 듯 불그죽죽한데도. 별수 있나. 우는 아기를 달래기 위해 휴대용 선풍기를 챙겨 들고 밖으로 나섰다.

밖은 어찌나 더운지 휴대용 선풍기를 제일 강하게 켰는데도 더운 바람이 나왔다. 재난 문자가 올 만한 날씨다. 아니나 다를까 저가 나오자고 했으면서 막상 더위에 조금 당황한 기색이다. 그래도 좋아하는 아기용 장난감 자동차에 태우니 표정이 이내 밝아졌다. 나는 승강기를 타고 내려가면서 말했다. "아프니까 짜증이 나서 울었어? 피부가 까슬까슬해져서 귀찮아? 엄마가 도와줄게. 엄마도 할머니가 도와줬어. 엄마도 아프고 놀라면 할머니한테 짜증을 냈어."

나더러 병신 같다고 수치심을 주던 엄마지만 내가 도움을 필요로 할 때는 나를 도왔다. 내가 짜증을 낼 때면 대체로 조용히 받아주었다. 사람들은 자신이 대접받고 싶은 대로 남을 대한다. 그리고 자신을 대하는 것처럼 남을 대한다. 그래서 엄마는 자신을 돕듯이 나를 도왔고 자신을 비난하듯이 내게 욕을 했다. 엄마는 자신을 사랑하지 못하는 아픔과 당황스러움을 어찌할 바 몰랐던 거다. 따뜻한 아이스 아메리카노 같은 우리 엄마. 그래서 그 엄마의 딸인 나도 따뜻한 아이스 아메리카노 같은 사람이 되었다. 내가 어느 때인가 이유 없이 엄마를 미워한다면 그 순간 나는 나 자신을 미워하는 것이다. 그래서 엄마를 이해하는 시간을 3초에서 3분까지, 세 시간에서 3일까지 조금씩 늘려보기로 했다. 나를 위해서. 자신을 사랑할 방법을 알지 못하는 당황스러움을 엄마에게 풀었던 나를 위해서. 나는 엄마와 똑같다. 열심히 품을 들여 결핍을 들여다보았더니 결국 내 자신의 모순을 알게 되었다.

꼬박 일주일을 앓은 아기는 훌쩍 컸다. 표정이나 행동이 달라졌다. 며칠 전 새로 산 턱받이가 무안할 정도로 침을 덜 흘렸고 더 큰 아이 같은 표정을 지었다.

"애들은 아프고 나면 훅 자라." 엄마가 말했다. 엄마 나도 많이 자랐어. 엄마 아기도 이만큼 컸어. 애들은 아프고 나면 훅 자라니까. 나는 속으로 말했다.

시간이 많이 지나고 나면 나도 아기가 얼마나 사랑스러웠는지, 우리가 얼마나 즐거웠는지, 혹은 힘들었는지를 모두 잊을까? 언젠가 어떤 일로 나를 원망하는 아이에게 기억이 나지 않는다는 대답을 하게 될까? 앞으로의 일은 모르겠다. 그렇지만 한 가지 사실은 분명히 안다. 나를 미워하더라도, 내게 나쁜 말을 하더라도 아기는 나를 사랑할 것이다. 이것 하나만큼은 엄마가 내게 알려준 따뜻한 아이스 아메리카노 같은 마음이라서 안다. 엄마를 사랑하는 것은 모든 아기의 운명이기 때문에 안다.

초롱이

좀 쉬고 싶어서 아기를 데리고
친정에 왔다.

친정에는 초롱이가 있다.

초롱이는
스물한 살 고양이다.

할머니
고양이야
인사해
아

초롱아,
내 아기 노아야

...

할머니를
귀찮게 하면
할머니가
싫어해

아

나는 아직도 초롱이가 아기 같다.
초롱이는 스물한 살인데.

내 아기가 스물한 살이 되어도
아기처럼 느껴질까?

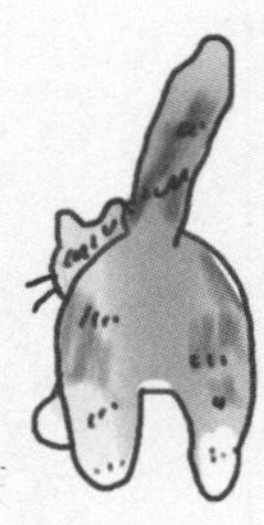

지금은

우리가 만나서 좋은 것만
생각하자.

사랑의 위로

21년을 함께 나이 들어온 고양이가 세상을 떠났다.
고등학생 때 길에서 주워 온 고양이다. 동생이 초롱
이라고 이름 붙여서 내내 초롱이라고 불렀다. 초롱
이가 떠났다는 전화를 받고 울고 있으니 내가 우는
소리에 소파 앞에서 놀던 아기가 찹찹 발소리를 내
며 다가왔다. 아기는 울고 있는 나를 보고 당황한 듯
내 앞에 어물쩍 서 있었다. 우는 엄마를 처음 봐서 그
런 듯했다. 제 손을 양 눈가에 가져다 대고 잉잉 하
며 우는 시늉을 하면서 울 듯 말 듯 얼굴을 찡그렸다.
초롱이가 죽어서 슬픈데 그 모습이 귀여워서 울면서
웃었다. “너 때문에 이제 엄마 큰일 났다. 엄마 똥꾸
멍에 털 나겠다.” 그랬더니 알아들은 것처럼 아기가

헤헤 웃는다. 그러고는 내 우는 얼굴을 향해 입으로 후후 바람을 불어준다. 아기가 어딘가에 부딪치거나 다쳐서 아파할 때마다 내가 후후 하고 입으로 바람을 불어주었기 때문이다. 거기서 그치지 않고 아기는 나를 꼭 끌어안고 입으로 토닥토닥 소리를 내며 어깨를 두드려주고 얼굴 여기저기에 뽀뽀를 해주었다. 내 얼굴은 곧 눈물과 아기 침으로 뒤덮였다. 축축한 기분, 사랑스러운 기분으로 마음이 넘실거렸다. 위로하는 방법은 가르쳐준 적이 없는데 산 존재라서 본능적으로 아는 걸까. 위로를 받고 기운이 생긴 나는 아기에게 구구절절 떠들기 시작했다.

사람들은 슬프면 가슴이 답답해지고 가슴이 답답해지면 눈물이 나와. 그래서 울어. 울고 나면 답답한 마음이 사라지기도 하거든. 계속 답답하면 또 울지. 노아도 기분이 안 좋거나 화가 날 때 으앙 하고 울고. 어른이 되어서 말을 잘하게 되었을 때도 사람들은 울어. 아, 그리고 너무너무 기쁠 때도 운다? 어른들도 많이 울어. 아기들이 우는 것처럼.

초롱이가 떠나고 가슴 한편에 구멍이 뻥 뚫린 것만 같았다. 여기저기서 '가슴에 구멍이 뻥 뚫린 것 같다'라는 표현을 접하면서 상투적이라고 생각해 온 한 사람이 '이게 바로 가슴에 구멍이 뚫리는 그 느낌이로구나' 하고 비로소 그 표현을 진심으로 이해하는 상투적인 순간이었다. 그러면서 눈물이 줄줄 났다. 나오는 눈물을 막을 수는 없었고 그저 열심히 우는 수밖에 없었다. 아기는 나를 안아주고 토닥토닥 해주고 눈물이 나오는 눈을 후후 불어주고 뽀뽀를 해주면서 알았을까? 그 행동들이 모두 아기가 울 때 내가 아기에게 해준 일이었다는 걸. 울고 있는 사람에게는 그렇게 해주면 된다는 건, 아기가 여러 차례 반복해서 몸으로 겪어 아는 것이었다. 그래서 다시 내게 몸으로 돌려주었다.

매일같이 울면서 잔뜩 받아낸 위로와 사랑을 몸에 쌓은 채 아기는 어른이 될 것이다. 달래주는 엄마가 더 이상 곁에 있지 않을 때면 배운 대로 스스로를 달랠 것이다. 사랑이 떠날 때, 누군가와 영영 이별할 때, 믿음을 배신당할 때, 예상해 본 적 없는 좌절감에 휩싸일 때, 몸이 아플 때… 맛있는 음식을 먹고 즐거운 음악을 듣고 춤을 추고 다정한 이야기를 읽으면서, 또 어쩌면 가까운 누군가로부터 위로를 받을 것이다. 사랑하는 사람에게도 똑같이 할 것이다. 그가 사랑을 떠나보낼 때, 누군가와 영영 이별할 때, 믿음을 배신당할 때, 좌절감에 휩싸일 때, 몸이 아플 때도 맛있는 음식을 먹이고 즐거운 음악을 들려주고 함께 춤을 추고 다정한 이야기를 들려주고 읽어주면서 위로하겠지.

사랑하는 고양이의 몸이 사라져서 슬픈 나는 여전히 몸이 있어 열심히 엉엉 울었다. 아기는 그런 나를 아직 이해하지는 못했지만 자신이 뭘 해야 하는지는 알아서 나를 위로해 주었다. 내가 사랑하는 작은 사람의 사랑을 받으며 이제 이곳에 있지 않은 사랑을 그리워했다.

내가 사라졌을 때

나에게는 이제 노쇠할 일만 남았다.

아기에게는 매일 자라고 힘이 세지고 아름다워질 일만 남았다.
나는 그 곁에서 서서히 쪼그라들다가

어느 날

완전히 쪼그라들어 사라질 것이다.

아기를 위해 내 인생을 더 많은 노래와 지혜,
그리고 기쁨으로 채운다.
내가 작아지는 만큼 사라지는 부분에.
내가 완전히 작아져 사라졌을 때
그것들이 아기를 돌볼 수 있도록.

사람의 일

말을 할 줄 몰라 옹알거리는 아기가 나를 엄마라고 불러주기를 기다리던 때 나의 마음은 모든 면에서 열 배는 더 성의 있었다. '네, 아니오, 싫어요, 좋아요' 하고 말할 수 없는 아기의 웃고 찡그리는 표정을 보면서 아기의 마음을 읽었다. 울음으로 의사 표현을 대신하는 아기. 아기의 하루가 수많은 곤란으로 가득 차 있다는 사실, 그 곤란들을 스스로 해결할 수 없어 더욱 곤란해진다는 사실을 알아야 했다. 아기에게 다가가는 알맞은 방법을 찾아야 했지만 하나도 귀찮지 않았고 오히려 즐거웠다. 동시에 나는 사람과 사람이 제대로 소통하는 일이 얼마나 큰 노동인지를 아기를 키우며 새삼 깨달았다.

대답 없는 아기에게 계속해서 말을 건네는 일은, 아기가 웅얼거리는 소리를 잊을까 아까워하며 그러모으는 일은 몹시도 사랑이었다. 다른 사람의 말과 그 말이 담겨 있던 마음에 귀를 기울이는 일이 사랑이어서, 내가 그동안 얼마나 대충 사랑했는지를 깨달았다. 이렇게 좋은 기분도, 사는 게 힘들면 잊힐까? 알아듣기 어려운 아기의 표현을 읽어내는 즐거운 일도, 언젠가는 귀찮아지거나 재미없어질까?

내 머리가 컴퓨터 같아서 모든 정보를 변형과 왜곡 없이 저장하고 필요할 때마다 꺼낼 수 있으면 좋겠다. 요즘은 AI가 건네는 빈틈없고 다정한 말들을 보면서 자주 놀란다. 유머까지도 학습해 나는 빠르게 꺼내 쓰지 못하는 방대한 양의 정보를 민첩하고 정확하게 사용하며 멋진 대화 상대가 되어준다. 반면에 나는 내키는 대로 기억하고, 잊고, 때로 상대를 원망하거나 비난한다. 그러니 말을 알아듣는 영리하고 센스 넘치는 인공지능의 존재가 멋져 보일 수밖에.

아기가 자라 살아갈 미래에는 내키는 대로 기억

하고, 잊고, 상대를 비난하고 공격하는 현실 속 사람과 대화를 나누기보다 방대한 정보를 바탕으로 내가 필요로 하는 다정한 말을 건네는 인공지능과 대화 나누기를 선택하는 사람이 더 많을지 모른다. 이미 지금도 많은 이들이 그렇게 하고 있다.

지금까지는 아기에게 온통 다정한 말만 건넸다. 아기가 뜻 모를 고집이나 생떼를 부릴 때도 내 불쾌함과 아기에게 해야 할 말을 구분하려고 애썼다. 이렇게나 다정한 말을 많이 한 것은 어린 시절 이후 실로 오랜만이다. 불쾌한 기분을 오로지 내 문제로 남겨둔 채 상대를 대해야 하는 것도 처음이다. 살아 있는 사람의 다정한 말에 대해 더 생각한다. 어린 시절의 내가 사는 일의 경이로움을 얼마나 더 생생하게 느끼고 즐거워했는지에 대해 생각한다. 이토록 애를 쓰는 내가 얼마나 사람 같은지에 대해서도, 살아 있는 사람의 따뜻한 체온에 대해서도 생각한다. 어설프고 무식한 나와 우리, 어설프고 무식한 사람들을 미워하면서도 어쩔 수 없는 사람의 일에 대해 생각한다. 비이성적인 데다 기억력도 좋지 않은 답답하고 어리석은 내가 용서하고 싶지 않은 마음 때문에 자꾸 사람 아닌 것에 의지하려 하기도 했다. 인생은 정말이지 한 치 앞도 알 수 없다. 알 수 없는 사람의 마음에 기대야 하는 날이 아주 많았다. 앞으로도 많을 것이다. 마음속 두려움을 지우고 다정한 사람이 될 용기를 낸다. 긴 여행 끝에 밤늦게 집에 도착한 차에서 잠들어 버린 나를 깨우지 않고 조심스레 업어다 침대에 눕혀주던 엄마나 아빠의 따뜻한 등을 기억한다. 그런 기억들이 사는 데 도움이 됐다.

전혀 못 알아들을 말만 웅얼거리는 아기와 무슨 말을 해도 화내지 않고 잘 들어주는 인공지능. 아기가 자라 지금의 내 나이가 될 때쯤이면 세상 사람들은 서로 어떻게 대화를 나눌까. 살아 있는 존재들이 여전히 최대한 생생한 세상이면 좋겠다. 불편하지만 따뜻한 등, 땀으로 축축한데도 놓고 싶지 않던 친구의 손, 문장도 말도 어설프지만 마음은 꽉 찬 편지, 바보 같은 장난에 깔깔 웃는 소리. 그런 순간의 기억은 사는 데 확실히 도움이 된다.

최고의 코미디언

아기가 시간제 보육 선생님들이 만든
장난감을 좋아하기에

나도 만들어보았다.

관
심
너무 큰가?
ㅇㅁ
우 아
ㅋㅋ
ㅋ

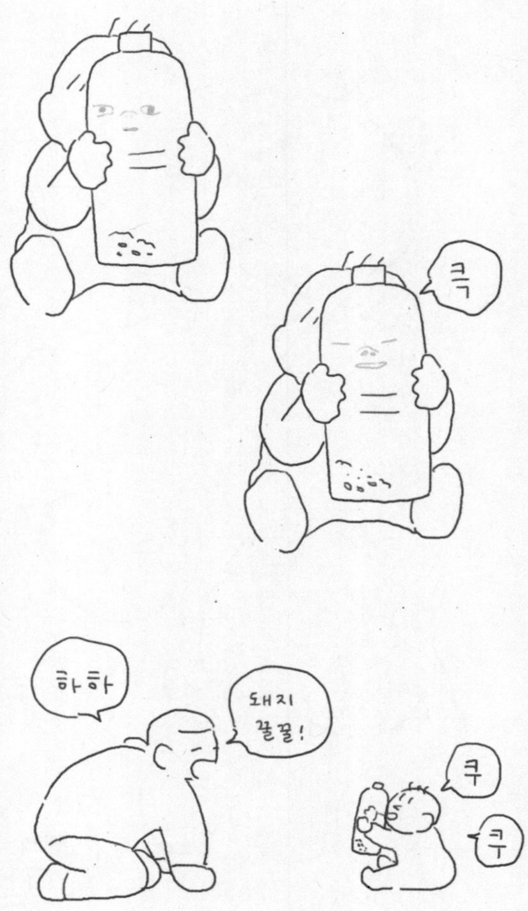

크ㄱ
하하
돼지 꿀꿀!
크
크

꿀꿀!
크ㅎㅣ
헤헤
헤
크헤헤
하하
하하
꺄하하
하하

아기와 함께라면 나도
이 동네 최고의 코미디언이 될 수 있어.

필연적 낙관주의자

직접 숨을 쉬고 팔다리를 움직이며 보고 듣고 음식을 먹고 다른 사람의 손을 잡고 마음을 나누면서 살아온 시간이 너무나 길어서 편안했던 엄마 뱃속이 기억나지 않는다. 살다 보니 중력과 허기, 근육통 같은 감각에도 익숙해졌다. 이런저런 일들에 치여 사랑하는 사람을 만들지 말자고 결심한 적이 있다. 사랑하는 사람을 슬프게 만들지 않는 것이 현재의 내가 미래를 사랑하는 방식이라고 믿었다. 나 혼자만 슬픈 것이 낫다고 믿었다. 마음 안팎이 모두 가난했던 때는 그런 마음까지도 사랑이었다. 돈이 없어서 슬픈지 외로워서 슬픈지 내가 무슨 생각을 하는지 몰라 슬픈지 알지 못했다. 알기 위해 노력하지 않았다. 어떤 방식으로 노력할 수 있는지 알지 못했다. 아는 건 많지 않은데 남들만큼 살려면 해야 할 일이 많았다. 뒤처지고 싶지 않아서 애쓰는데 항상 모자란 기분이 들었다. 그러니 나 혼자만 슬프고 말자고 생각했다. 그러다 보면 미래의 배우자나 아기뿐 아니라 이런저런 기회가 내 주변을 돌다가 조용히 사라지는 것 같았다.

나는 엄마가 나를 낳은 나이인 스물네 살에 서울에 전셋집을 구해 독립했다. 스물넷의 엄마는 나를 키우느라 바빴는데 스물넷의 나는 낯선 도시에서 나 자신을 키우느라 정신없었다.

엄마처럼 살고 싶지 않았다. 어린 나는 화려할 내 인생만 상상했으니까. 나 자신의 안녕만을 바랐다. 평생을 시골에서 벗어난 적 없는 엄마. 엄마와 다르게 살려면 일단 서울에 가야겠다고 생각했었는지도 모르겠다. 서울에서 뭘 하고 싶은지도 모르면서. 이렇게 화려하고 즐거움 넘치는 도시에 나처럼 외로운 사람들이 수없이 많다는 사실이 좋았다.

나는 여전히 서울을 좋아한다. 가난하고 외로웠

어도 사라지지 않고 아직 살아 있는 덕분에 여전히 서울이 좋다. 서울에는 나만큼 온순하거나 나만큼 괴팍하거나 나만큼 지혜롭거나 나만큼 어리석거나 나만큼 재능 있는 사람이 많았다. 나만큼 외롭거나 나만큼 이상하고 나만큼 가난하고 나만큼 성격이 별로인 사람도. 그럼에도 불구하고 나는 나 하나뿐이었다. 이 복잡한 도시에서 사람들 역시 복잡하게 다채로웠다. 모두가 눈에 보이는 만큼 납작하지 않다는 사실을 배웠다. 모두가 유일했고 누구나 단 한 명뿐이었다. 누군가처럼 되지 못해 괴로워하는 많은 사람들 속에서 자기 자신의 고유함을 사랑하며 삶을 지켜가는 사람을 발견하면 잡동사니 속에서 보석을 발견한 것처럼 기뻤다.

어디선가 외롭고 힘없는 사람들이 지혜를 차곡차곡 모아 서로의 삶을 지키는 모습을 보면 힘이 났다. 서로가 다른 존재임을 알아서, 각자의 다름을 인정하고 도움을 주고받으며 잘 사는 사람들을 보면 희망이 생겼다. 어쩌다 생활이 너무 팍팍해지면 전부 부질없다는 생각을 하다가도 시간이 지나면 좋은

게 좋은 거지 하고 일희일비하는 내 자신이 머쓱했
다. 그러니까 내 경우, 서울에서 살지 않았다면 서로
를 도우려는 마음이 결국 스스로를 살리는 일과 같
다는 사실을 깨닫지 못했을 것이다. 혼자 슬픈 게 낫
다고 생각했던 외로운 내가 그 사실을 모른 채 아기
를 키웠다면 등불 하나 없이 깜깜한 밤길을 걷는 마
음이 되었을 것이다.

어느 날에는 문득 내 인생이 그다지 화려한 적 없
고 앞으로도 그럴 일 없이 이 정도라는 데 당황했다.
그러나 동시에 화려한 적은 없지만 이만큼 안전하
게, 덜 구겨진 채로 살 수 있었던 까닭이 내가 떠나
온 집에서 온 마음을 다해 나의 안녕을 기도한 사람
들 덕분이라는 사실 또한 그때 알았다. 엄마에게도
인생이 생각만큼 화려하지 않아 당황스럽던 젊은 날
이 있었을지 모르겠다. 젊은 나이에 엄마가 된 엄마
는 "너는 엄마처럼 살지 말라"는 말을 자주 했다. 기
회도 한계도 많았던 엄마와 아빠의 젊은 시절. 엄마
는 1980년대 후반에 나를 낳아 2024년에 아기를 낳
아 키우는 나처럼 혼자서 나와 동생을 전부 키웠다.

휴식이 너무나 간절해서 더 이상 안 되겠다는 심정으로 짐을 바리바리 싸 들고 찾아간 친정에서 아기와 3주를 보내며 아주 오랜만에 늦잠을 잤다. 아침 열 시에 느지막이 일어나면 아기와 놀던 엄마가 "아침도 못 먹어서 어떡하냐"면서 눈곱도 안 뗀 나를 위해 아침 밥상을 차렸다. 평생을 나고 자란 곳에서 떠나본 적 없는 엄마가 꾸려놓은 안전한 둥지에서 아기와 나는 잘 먹고 잘 놀고 잘 잤다. 내 둥지는 아직 엉성했다. 도와달라고 말하니 편했다.

제도의 도움을 받든, 가까운 사람들의 도움을 받든 아기를 돌보려면 여러 사람의 손길이 필요하다. 베이비시터를 고용하거나 수고비를 드리며 조부모의 도움을 받기도 한다. 서로의 아이를 품앗이로 보살피는 일이 자연스럽게 여겨졌던 건 합계출산율이 지금의 두 배 이상은 되던 시절의 일이다. 작년에 허리와 어깨가 너무 아파 찾았던 정형외과의 나이 지긋한 의사 선생님이 혼자 아기를 돌보느냐고 물었다. 그렇다고 대답하니 옛날에는 열 명이서 아기 열 명을 봤는데 요즘은 한 명이서 아기 한 명을 돌보는 세상이라고 하면서, 혼자서 아기를 보는 사람들은 알아서 몸을 사려야 한다고 당부했다. 아기가 아무리 예뻐도 너무 자주 안아주지는 말라고. 애가 열 명이라도 보는 눈이 열 명이면 돌보는 일이 수월했다면서. 그러니 요즘에는 아기 돌보는 일이 이렇게 힘들어진 거라면서.

나는 내가 머물 공동체를 찾는 일(아직 못 찾았다)과, 사는 데 돈이나 화려함보다 중요한 가치가 무엇인지를 찾는 데 너무 오랜 시간을 썼다. 시간이 중요했는데. 중요한 걸 찾느라 또 중요한 걸 낭비했다. 아기를 낳으면 어떻게 키울지 고민하는 일도 결국 아기를 낳기로 결정했다면 시간 낭비라는 건 다행히 일찍 알았다. 우리 사회가 출산과 양육을 함께 고민하는 분위기인 덕분에 아기 낳을 용기를 더 내볼 수 있었다. 때마침 이제 지나치게 가난하지는 않았다. 임신과 출산이 가능한 몸이 있었고 아기가 사람이 되는 일을 도울 마음이 있었다. 세상을 납작하게가 아니라 동그랗게 보려고 애쓰는 마음이.

아기의 얼굴을 보며 염세의 기운은 꼭꼭 접어 마

음 한구석에 잘 넣어둔다. 언젠가 다시 꺼낼 일이 있
겠지만 지금은 아냐, 하고. 옳은 말을 하는 사람들이
열심히 목소리를 내는, 느리더라도 옳은 방향으로
변하고 있는 세상에 희망을 걸어본다. 나의 세속적
인 고민과 아기를 원하는 국가의 고민 속에서 무구
하게 태어난 아기가 있다. 나는 이제 세상이 더 나은
곳이 되기를 바랄 수밖에 없다. 더 나은 세상이기를,
서로를 돕는 세상이기를.

햇웃음

아기가
배냇짓이 아닌 '웃음'을 시작했을 때
햇사과 햅쌀 햇복숭아처럼
그걸 햇웃음이라고
부르고 싶었다.

아기가 웃어서
사는 동안 웃는 사람을 처음 본 것처럼 신기하고 기뻤다.

엄마는 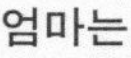

많이 웃는 아기였을까?

엄마는

때때로, 내 인생의 기쁨과 슬픔은
내가 결정하는 게 아닌 것 같다고 느낀다.

그대로 두기

엄마는 자기 손주라도 살짝 데면데면하게 군다. 예뻐서 어쩔 줄 모르는 일도 없다. 나름대로 애를 쓰고 도움을 주고 싶어서 최선을 다하지만 내게 그랬던 것처럼 뭔가 사무적이고 의무적인 느낌으로, 당신의 한계치로 최선을 다했으므로 불만을 제기하면 못 해준 게 뭐가 있냐며 되받아치기 딱 적당한 느낌으로, 손주도 그렇게 대한다. 이 태도는 내가 사람들을 대할 때 자주 하는 실수이기도, 앞으로 내 아기를 키울 때 반드시 한 번 이상 실수할 일이기도 하다.

나는 종종 내게 더 희생하지 않았던 엄마를 못마땅하게 여기곤 했다. 엄마는 그런 나를 두고 어떻게 여기서 더 희생할 수 있었겠냐고 생각할 것이다. 장애가 있는 아들을 키우며 평생 희생과 포기를 삶의 일부로 삼아왔던 엄마다. 그러나 도움을 요청하기 어려운 환경에서 자란 나에게까지 그 희생이 가 닿기란 요원한 일이었다. 상대가 알아서 잘해주길 바라는 태도는 내가 엄마에게 배운 방식이다. 엄마 나름의 존중이었달까. 도와달라고 말하는 데도 힘이 필요한 법이고 스스로 해내는 것만큼 용기가 필요한 일인데. 아기를 낳은 후 도저히 혼자서는 해결할 수 없는 일들을 수없이 겪고서야 깨달았다.

엄마를 이해하지 못하는, 혹은 이해하고 싶지 않은 마음은 내가 타인을 밀어낼 때의 마음과 닮아 있다. 그 마음을 더 자세히 살펴보면 자기혐오와도 무척 닮았다. 아마도 엄마가 나를 이해하지 못하는, 이해하고 싶지 않아 하는 마음 역시 엄마가 자신을 사랑하지 못하는 방식과 닮아 있을 것이다.

엄마가 희생하고 최선을 다했던 시간과 사실은 실재한다. 부정할 수 없는 명백한 참이다. 지난 시간이 서운하다는 나에게 "나는 그래도 최선을 다했어"라고 말하는 엄마의 대답에는 한 치의 거짓도 없다.

다만 우리가 최선을 다한 방식과 방향이 서로가 원한 것과 달랐을 뿐이다. 그때는 서로 원하는 것을 솔직하게 말하면 스스로를 해치게 될 것만 같았다. 그래서 노력하면 할수록 서로의 마음을 수수께끼처럼 느꼈을지 모르겠다.

드라마 〈성난 사람들〉의 후반부에서 만신창이가 된 남녀 주인공 대니와 에이미가 나누는 대화가 생각난다.

"우리 몸은 영양소를 흡수하고 나쁜 건 죄다 대소변으로 싸는 거 알지? 만약 아기한테 그런다면? 부모들 말이야, 트라우마를 싼다고나 할까."

"우리가 원숭이 전에 뭐였지?"

"해면동물."

아기를 낳은 직후 산후조리원에서 이 드라마를 봤다. 출산 직후라서 호르몬이 난리법석을 떨던 때였다. 나는 갓 엄마가 되어 이런 생각을 했다.

'지구가, 생명체가, 인류가 생긴 후 모든 나라 모든 인종의 부모가 아기에게 자신의 트라우마를 던지고, 그 아기가 다시 부모가 되어 자신의 아기에게 그 트라우마를 던진다. 그 아기는 또 부모가 된다.
그리고…'

　종종 상황이 내가 통제할 수 없는 방향으로 흘러
간다고 생각될 때면 지금 내가 느끼는 감정이 정말
내 것인지 가만히 생각해 본다. 이 감정이 정말 내가
이 상황을 해결하고 싶은 방식인지, 아니면 이미 알
고 있고 익숙해서 습관적으로 선택한 방식인지. 전
자일 때의 나는 좀 지금에 살고 있는 것 같고, 후자
라고 생각될 때는 해면동물이 된 것 같다.
　어떤 행동을 하거나 하지 않음으로써 사랑받거나
사랑받지 못하거나 유기되거나 유기되지 않을 수
있었다. 내가 어린아이였던 시절에는 그런 조건이
많았다. 어린아이라면 무조건 예뻐하던 시절이 아
니었다. 지금도 조금은 그런 듯하지만. 모르긴 해도
나의 엄마 아빠가 어린아이였던 시절에는 내 어린
시절보다도 더 많은 생존 조건이 있었을 테다. 어린
동생들을 돌보고, 밭일을 돕고, 고사리손이라도 집
안일을 돕지 않으면 가정에서 무가치한 존재가 되

던 시절이 있었을 것이다. 해면동물은 어떻게 자신의 원형에게 제 가치를 증명했을까?

나를 이해하기 어려워하는 엄마, 내가 이해하기 어려운 엄마. 엄마를 멀리하는 나, 엄마와 가까워지고 싶은 나. 도와달라고 말하고 싶어도 말하지 않기를 택하는 나는 해면동물 버전의 나다. 익숙한 선택을 뒤로하고 나 좀 도와달라고 말하기는 어린 내가 잘하지 못했고 어른이 되어서도 잘하지 못하는 방식이다.

우리 가족은 자기감정을 솔직하게 말하고 필요한 바를 정확하게 요구하는 행동을 수치스럽고 부끄럽게 여기는 환경에서 살았다. 그 시작점에 그 행동을 학습받은 엄마와 아빠가 있었고 그들로부터 배운 나와 내 동생이 그 뒤를 이었다. 우리는 평범하기 짝이 없는 평균적인 가족이니 어쩌면 한국 사회에는 이런 가족이 많을지도 모르겠다. 그렇다면 나와 같은 고민을 가진 딸들도 많겠지.

세상에 나와 살면서 깨달았다. 자신이 무엇을 느끼고 원하는지 솔직하게 어려움 없이 말하며 사는 사람들의 세상이 얼마나 선명한지를. 그런 사람들이 스스로를 얼마나 능숙하게 구하고 나아가 다른 사람들을 돕는지를. 자신의 의지로 자신에게 알맞은, 자신이어야만 하는 일을 찾고, 누군가 사는 일로 협박 따위 하지 않는 사람들. 그런 이들은 언제나 반짝반짝 빛이 났다. 나도 그런 사람이 되고 싶었다. 하지만 나는 이미 이런 사람이었다. 무엇을 그만해야 하는지 무엇을 위해 노력해야 하는지를 선택하는 일만이 가능했다.

해면동물이 되고 싶지 않아서 내 의지로 아기를 낳았다. 할 수 있고 하고 싶은 다른 일들이 많았지만 임신을 결심한 순간에는 아기를 낳아 키우는 일을 가장 해보고 싶었다.

종종 엄마 아빠에게 육아를 도와달라 통보하며 짐을 싸서 아기와 고향으로 내려갔다. 어느 순간 나는 피 한 방울 섞이지 않은 친구들에게 도움 청하기보다 부모에게 도움 요청하기를 더 어려워하고 있었다. 가족을 이해하고 싶어서 그렇게 애를 쓰며 그림을 그리고 책도 썼는데 여전히 애쓰는 일이 끝나질 않는다. 마치 검은색 레고 블록에 끼워져 있던 빨간색 레고 블록이 "왜 그쪽은 빨간색이 아니냐고요. 빨리 빨간색이 되란 말이에요" 하고 생떼를 놓다가 "아, 검은색이셨군요" 하고 뒤늦게 깨닫는 일 같다. 그러다 또 몇 달 지나서 "아니, 아무리 생각해 봐도 내가 빨간색이어서 고생한 시간이 잊히질 않아요" 하고 울컥해 외치는 일 같다. 그러면 별말이 없던 검은색 블록들이 어쩌다 한마디를 던지는 것이다. "나도 빨간색 블록을 기대한 건 아니었단다."

검은색은 검은색이고 빨간색은 빨간색이다. 이 사실이 너무나 어렵다. 어떤 날은 나 같은 사람들과 숨 막히게 똑같은 삶을 삶다가 다른 사람과 지내면서 숨이 트이고, 어떤 날은 어디 나 같은 사람 없나 두리번거린다. 서로 다름이 삶을 이토록 힘들게 만들기도, 수월하게 만들기도 한다. 아 어쩌란 말이냐.

누군가를 이해하기 위해 애쓴다고 착각하면서 그 사람이 내 마음 같지 않음에 답답해한다. 이게 바로 지금껏 내가 엄마를 상대한 방식 아니었을까. 엄마에게 지나친 기대를 한 걸지도 모르겠다. 엄마는 저런 사람이구나. 검은색이구나. 이렇게 생각하지 못했다. 엄마도 그냥 어쩔 수 없는 거겠지… 엄마를 있는 그대로 둬야 한다.

　누군가 원하는 것을 그 사람의 방식으로 주지 못하는 사람들이 있다. 나도 그렇겠지. 나는 엄마의 딸이니까. 그래도 어쨌거나 집에 가니 좋았다. 원하는 것을 요청하면 된다. 나는 이제 독립했고 엄마와 나는 좀 많이 다르다. 그러면서도 많이 닮아서 이런 식의 간헐적 노력이면 적당하다. 부모가 독심술사가 되기를 바라는 마음을 여태 버리지 못한 미련한 나를 버리는 쪽이 빠르다.

　엄마를 이해하지 못한 채(어쩌면 평생 이해하지 못할 수도 있다) 이해하려는 최대한의 노력을 포기하고 아이를 이해할 자신이 없었다. 내 인생에 가장 친밀하고 사랑스럽고 사랑하는 가족을. 이 조건은 내 엄마와 아이가 공통으로 지니게 될 조건이다. 이제 여기에 서로를 얼마나 멀리하고 미워하게 될지, 얼마나 아프게 만들지는 앞으로 추가될 조건이다. 엄마와 나의 관계에서는 이미 충분히 추가된.

어쩔 수 없는 마음과 일들에 밀려온 날이 많았다. 무엇이 어떻게 이 마음을 만들었는지 몰라 두려운 날이 많았다. 내 의지로 무언가를 한다고 생각한들 그보다 많은 일들이 어딘가에서 휩쓸려 왔다. 하지만 확고한 착각은 나를 좀 더 버티게 해주었다. 모르던 일을 새롭게 알기를 두려워하지 않고 사랑하는 작은 사람을 위해 쓸쓸하고 어려운 마음들을 무릅쓴다. 기대하기를 그만둔다. 도움을 요청하고 싶은 마음에서 도망치기를 그만둔다. 나를, 엄마를, 아기를 있는 그대로 둔다.

생긴 대로

더 어릴 때는 내 안에 무엇이 있는지 몰라
기회와 사람을 흘려보냈고 방황했다.

나로 태어났으니 나에게 분명 무언가가 있다고,
그 모양대로 살라고 말해주는 어른이 곁에 없었다.

그러니까 가끔은

사랑이나, 자기다움을
지키기 위해 애쓰는 사람들을
바보 같다고 느끼기도 했다.

좀 비어 있는 사람이라서…

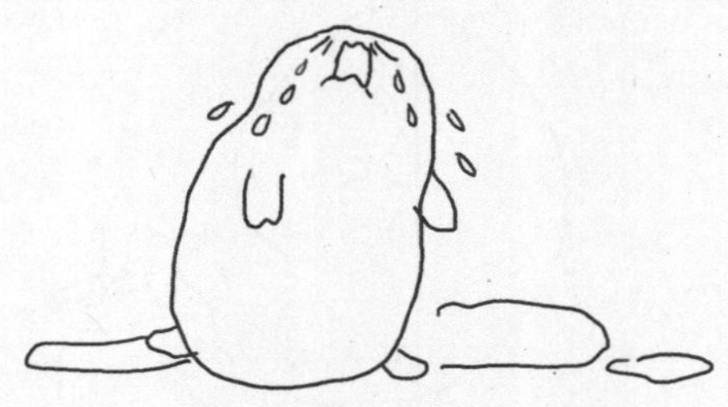

타고난 모양대로 사는 일을 두려움 없이 응원할게.
내가 나에게 해주고 싶은 것처럼.

멸망해도 괜찮아

망한 세상에서 살아남거나 세상이 망할 날을 기다
리는 꿈을 자주 꾼다. 얼마 전에도 그랬다. 꿈속 누
군가가 일주일쯤 후면 지구가 멸망한다고 했다. 별
다른 이유도 없이 그런 일이 일어날 거라는 소문이
퍼져 있었다. 소행성이 충돌한다는 얘길 들었던 것
같기도 하다. 삽시간에 청소도 약속도 출퇴근도 없
는 세상이 되었다. 사람들의 얼굴에는 불안이 감돌
았는데 신기하게도 나름의 질서가 지켜지고 있었
다. 다들 규칙이 사라진 자리에 새로운 규칙을 만들
어 지키고 있었다. 디스토피아 영화들을 보면 멸망
을 앞둔 세상은 금세 무법천지가 되던데 꿈에서는
경찰이 일을 하지 않고 거리가 좀 더러워진 것뿐 무

법천지가 되는 일은 일어나지 않았다. 멸망을 앞둔 평화로운 세상에서 나는 아기를 키우고 있지 않았다. 그 세상에는 아기가 없었다. 곧 세상과 함께 돈 많은 이도 가난한 이도 악한 이도 선한 이도 아픈 이도 건강한 이도 모두가 사라질 예정이었다. 그 작별의 물결 속에서 아기를 키우고 있었다면 확실히 슬플 것 같았다. 잠에서 깬 나는 꿈속 세상에 아기가 없었음에 안도했다. 그러다 이내 다른 생각이 들었다. '별로 위험하진 않았는데…'

나는 정말 태어나고 싶었을까? 이미 살고 있는 지금은 그만 살 수도 없는데. 하는 수 없이 나는 태어나고 싶어서 태어났고, 태어나서 좋다고 생각해야 했다. 이왕 이렇게 된 거 그쪽이 나았다. 낳아서 아기에게 미안하다는 생각은 하지 않는다. 존재하지 않던 때의 아기가 스스로 탄생을 선택할 수는 없었겠지만 이미 태어나 존재하는 아기는 태어나고 싶어서 태어났다고 생각한다.

아기의 인생에서 일어나는 괴로움은 아기의 몫이

고 그걸 바라보는 괴로움은 나의 몫이다. 나의 괴로움 역시 내 몫인데 아기가 내 몫의 괴로움까지 알 필요는 없다. 신경이 날카로운 엄마는 어떻게 자신의 괴로움이 아이를 해치지 않도록 할 수 있을까.

모든 삶의 끝에는 공평하게 죽음이 있다. 그전까지 주어진 시간을 충분히 살고 싶다는 마음뿐이다. 마침 출산이 가능한 환경에서 때가 맞아 아기가 태어났다. 태어난 아기를 노력해서 잘 키우고 싶다. 세상이 아직 망하지 않았으니까. 이 모든 예민함과 신경증을 의미 있게 쓰고 싶다.

아기를 낳고 키우면서 알았다. 아기를 키우듯이 나를 잘 먹이고 잘 씻기고 좋은 것을 보여주고 좋은 말을 해주어야 한다는 사실을. 그래야 아기를 잘 키울 수 있다. 아기를 키우는 일은 어떤 결심이 아니라 생활 그 자체라서 내가 바뀌지 않고서는 감당할 수 없었다. 사랑은 감정이 아니라 습관이었다.

강바닥에 가라앉은 모래처럼 오랜 자기혐오와 뉘우침 속에 시간을 보냈다. 용서하고 싶은데 용서할 수 없었고 용서받고 싶은데 어떻게 용서를 구해야 할지 알지 못했다. 지난날이 부끄러워 견딜 수 없었다. 눈앞에서 방긋방긋 잘도 웃는 아기를 보면 가슴이 울렁거렸다. 아기를 재우고 식탁 앞에 앉아 이 미움과 사랑을 반듯하게 접어 가슴에 집어넣을 방법을 궁리했다. 미움이 습관이 되었는데 살기 위해서는 사랑을 습관으로 만들어야 했다.

멸망을 앞두었음에도 꿈속의 해 지는 풍경이 아름다웠다. 낙심한 채 끝이 정해진 남은 날들을 부드럽게 아끼는 사람들의 다정함이 좋았다. 그 꿈속에 아기가 없어 다행이라고 생각했지만 아기가 있었어도 생각만큼 서글프지는 않았을 것이다. 해가 지는 풍경을 함께 보는 쪽이 좋았을지도 모른다. 헤어짐이 슬퍼 울더라도 함께 있었다면 괜찮았을지 모른다. 자신과 타인의 영혼을 해치지 않도록 말을 조심하면서 손을 맞잡고 남은 날들을 다정히 보듬는 사람들 사이에서 삶의 귀함을 느꼈을지 모른다.

언젠가 엄마가 나를 낳고 싶지 않았다고 말하는 대신 무섭고 힘들어서 상황을 피하고 싶었다고 '자신의 감정'에 대해 얘기해 주었다면 좀 나았을까?

그러나 그런 일은 일어나지 않았고 그저 세상이 멸망하는 꿈을 꿨다. 내게 필요했던 건 사랑하는 습관, 단 며칠만 남은 세상에서도 꼭 맞잡는 손이었을 뿐인데. 이제는 다 지난 일이다.

세상이 실제로 망하지는 않아서 그런 꿈만 자주 꾼다. 새로운 종말을 기다리며 아기를 낳았고 새로 배운 사랑을 주고 있다. 아직 망하지 않은 세상에서 남은 날들을 다정히 정리하며 손을 꼭 잡아주고 있다. 내 아기가 살 세상, 혹은 아기의 아기 아니면 그 아기의 아기가 살 세상 어느 때에 진짜 종말이 올지도 모른다. 어쨌거나 지금 할 수 있는 일을 한다. 멸망을 앞두고도 곳곳을 청소하면서 다정하고 점잖게 지내기로 한 사람들처럼.

출산이라는 선택의 갈림길에서 나를 괴롭히던 여러 가지 고민을 정리한 후 나는 아기를 낳기로 결심했다. 아기는 나의 결심으로 태어났다. 불쌍하지 않은 내가 아기를 원했다. 아직 망하지 않은 세상에서.

한가지 행복

한가지 행복

아기의 낮잠 이불에서
아기 냄새가 나서
거기 폭 싸인 기분이 좋았다.

어느 날 내게서
똑 떨어져 나갔다.

붙어 있어도 떨어져 있어도
한가지로 행복이다.

냄새만으로 이렇게 좋다니
우리가 물리적으로 연결된 시절도
있었다는 게 믿기지 않는다.

이런 걸 알고 살 수 있다니.

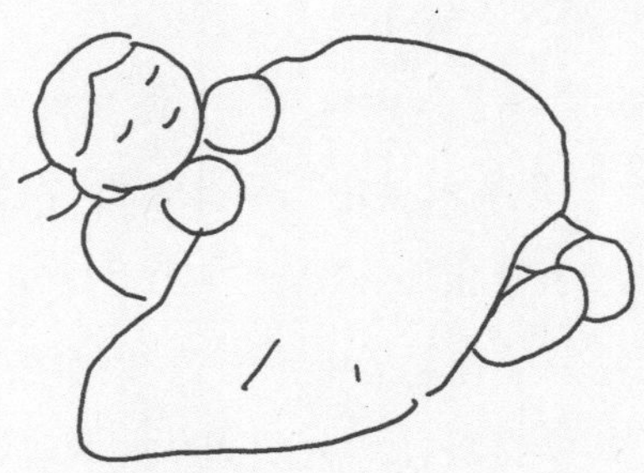

지금의 아기

"빨리 스무 살이 되면 좋겠어. 빨리 어른이 되면 좋겠어."

고등학생 시절 급식시간에 함께 둘러앉아 점심을 먹는데 한 친구가 말했다. 함께 앉아 있던 대여섯 중 몇이 그 말에 동의했다. 나는 뭐라고 대답하는 대신 마음속으로 '어차피 우리 다 스무 살이 되고 어른이 될 텐데…'라고 생각했다.

중학생 고등학생 시절의, 다 큰 몸 탓에 뭐든 할 수 있을 것 같은데 사실은 아무것도 할 수 없는 그 기분을 나는 어쩐지 좋아했다. 아직 정신이 미성숙하기 때문에 보살핌을 받아야 함을 알았다. 그래서 몹시 괴로운 날도 있었지만 이 기분도 지금만 느낄

수 있는 것이라고 생각하니 피하고 싶은 생각이 들
지 않았다. 가정과 학교에서 제공하는 보살핌에 납
득하며 무능하지만 편안하게 보냈던 시절, 이 시절
이 지나면 다시는 돌아오지 않는다고 생각하니 아
쉬웠고 주어진 시간이 소중하게만 느껴졌다.

아기와 밥을 먹다 입 근처에 붙은 밥풀을 떼어주
며 장난을 치니 아기가 푸하하 하고 크게 웃어서 아
기 입안에 있던 밥풀이 사방팔방으로 튀었다. 밥풀
을 떼려다 여기저기 더 많이 붙인 꼴이 되어서 어이
가 없어 웃으니 아기도 따라 웃었다. 하하하. 이히
히. 아기 얼굴은 말할 것도 없고 내 얼굴과 옷까지
아기 입에서 튀어나온 밥풀로 엉망이 되었다. 뭐가
그렇게 재미있지? 잘 모르겠는데 웃음이 끊이지 않
았다. 언제부턴가 이렇게 시답잖은 일에 박장대소
할 수 있는 시절은 이미 다 지나가 버렸다고 생각했
다. 이제 다시는 사소하고 멍청한 일로 행복해지는
사람이 될 수 없을 거라고. 그런데 이런 나이에도 이
런 식으로 웃으며 즐거울 수 있다니. 새로 태어난 사

람은 힘이 세다.

언젠가 아기가 바보 같은 장난으로는 더 이상 웃지 않으면 나는 이제 귀중한 시절이 끝났구나 싶어 서운할 것이다. 아이를 키워 품에서 내보내 본 사람들이 품 안에 있을 때 많이 사랑해 주라고들 하면서 아이의 작았던 시절을 그리워하는 것을 보면 분명 나도 지금을 그리워할 테지. 그러니까 지금은 미래의 내가 기억할 가장 좋은 시절이다. 아기의 한 시절이 지나면 계속해서 새롭게 귀한 시절이 오는데도 못내 아쉽다. 끙끙대거나 컥컥대던 갓난아기가 응애응애 하는 좀 큰 갓난아기로, 그러다 방긋방긋 웃으며 옹알이를 하는 작은 아기로, 이런저런 표정으로 어른들의 말을 흉내 내듯 웅얼거리는 덩치 큰 아기로 몇 번이고 바뀐다. 1년이라는 짧은 시간에도 이전의 아기가 빠르게 사라졌고 몇 번이고 새로운 아기가 나타났다. 호밀빵만큼 자그맸던 사람이 이렇게 자라서 곧 큰 사람이 되겠지. 내가 기억하는 아기들이 모두 떠나고 내 손길이 더 이상 필요하지 않은 다 큰 사람을 만날 때의 감동을 가늠해 본다.

빨리 어른이 되고 싶다던 학창시절 친구는 나보다 4년 먼저 아기를 낳았고 능숙하게 어린이를 돌보는 워킹맘이 되었다. 얼마 전에 만났을 때 그 친구는 "아, 그때로 돌아가고 싶다"고 말했다. '그때'란 느릿하게 둘러앉아 급식이나 먹던 고등학생 시절이었다. "너 정작 '그때'는 빨리 어른 되고 싶다며. 사실 난 그때 속으로 '그렇게 안 바라도 어차피 어른은 될 텐데' 하고 생각했어." 내가 대답하자 친구는 "내가 왜 그랬지? 그때는 그런 마음이었나 봐!" 하며 웃었다.

어른이 되고 싶었던 고등학생이 가고 고등학생이 되고 싶은 어른이 왔다. 빨리 어른이 되고 싶은 아이도 느리게 어른이 되고 싶은 아이도 결국 같은 나이의 어른이 되었다. 우리도 부모에게는 매 순간 훌훌 사라져가는 아주 작은 아이, 작은 아이, 좀 큰 아이였을 것이다.

지나면 다시는 돌아오지 않을, 그래서 귀하디귀한 모든 순간. 아기는 오로지 지금밖에 모른다. 나만 지나가 버린 과거에 집착하고 다가올 미래를 두려워해서 지나간 아기들을 그리워하고 다가올 아기를 기대한다. 지금의 혼돈과 배고픔, 기쁨과 불쾌함만을 느끼고 표현하는 지금의 아기. 지금의 나만 사랑하는 지금의 아기. 지금의 아기를 듬뿍 사랑해 주기로 한다. 경이로움과 함께 만성피로와 근육통이 찾아와도 즐겁다. 오늘의 아기는 내가 언제 여기에 있었냐는 듯 곧 훌쩍 떠나가 버리겠지. 귀한 지금의 아기를 볼 수 있으니 견딜 수 있다. 다음에 올 아기를 즐거운 마음으로 기대한다.

꿀잠

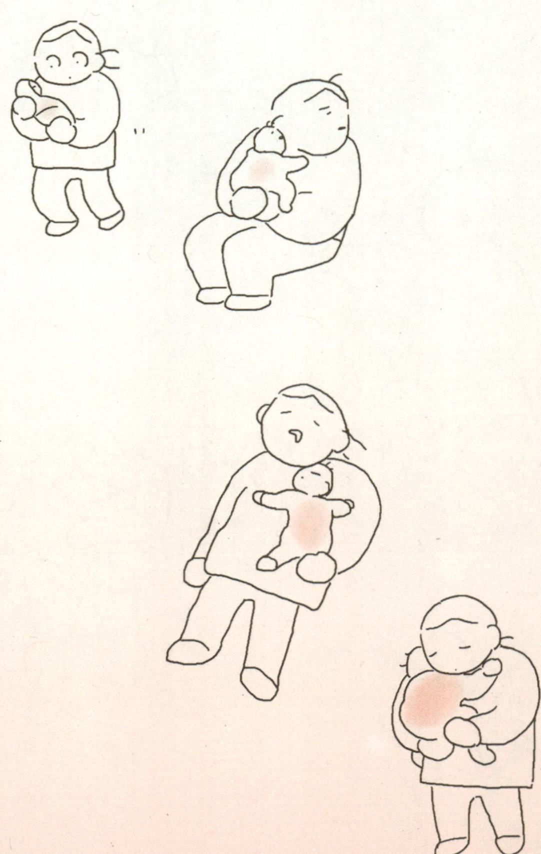

자장자장

아기는 산후조리원에서부터 잠을 잘 잤다. 울어도 금방 그쳤다. 신생아실 선생님도 산후조리사 선생님도 "이런 아기면 열도 키운다" "애가 순둥이다"라고 했다. '성질이나 태도가 까다롭거나 고집스럽지 않다.' 국어사전에 '순하다'를 검색하면 맨 위에 나오는 설명이다.

"너는 어렸을 때 잘 잤던 것 같아?"

내가 묻자 배우자는 잠시 기억을 더듬다 아니었다고 대답했다. 그 대답을 들으니 내가 해야 할 일이 분명해졌다. 아기에게 좋은 수면 습관을 만들어주고 싶었다. 우리 유전자를 받아 태어난 아기라면 잠자는 일로 고생하지 않을 가능성이 희박했기 때문

이다.

아무리 순하고 잘 잔대도 아기는 아기다. 말이 거창해서 수면 교육이지 응애응애 울다가 느닷없이 먹은 것을 게워내고 새벽 다섯 시에 일어나 칭얼대는 아기와 막 아기를 낳아 엉망이 된 육신과 체력에 호르몬의 영향까지 받는 나의 기나긴 눈치싸움이었다. 정신이 없었다. 아기가 어디까지 견딜 수 있는지를 알아내기란 당장 아기에게 무언가를 해주기보다 까다롭고 품이 많이 드는 일이었다. 그래도 정해둔 규칙과 틀 안에서 하루하루를 성실하게 흘려보내니 잠을 사이에 둔 아기와 나의 밀고 당기기가 점차 균형을 찾기 시작했다. 나는 아기를 잘 재우기 위해 수면 환경을 항상 일정하게 유지했다. 아기가 규칙적인 시간에 잠들도록 했다. 식사 시간을 지켰다. 깨어 있는 동안 잘 놀아주었다. 즐겁게 잘 놀고 난 아기는 밥도 맛있게 잘 먹었고 피곤해서 잘 잤다. 잘 먹어서 속이 든든하니 자다 깨서 보채는 일도 없었다. 양껏 잘 자고 일어나면 기분이 좋았고 울음 끝이 짧았다.

그렇게 공들여 수면 습관을 들였어도 이사한 날

저녁에는 침대에 눕히려고 하니 떨어지기 싫다며 마구 울었다. 이런 적이 없었기 때문에 처음에는 어디가 아픈가 싶어 체온과 기저귀를 살폈는데 문제가 없었다. 아무래도 환경이 바뀌니 불안해서 그런 듯했다. 품에 안긴 아기는 졸려서 머리를 떨구면서도 내 어깨춤에서 옷자락을 꼭 쥔 주먹을 펴지 않았다. 아기를 계속 안고 있으려니 허리와 어깨가 아파져서 아기와 함께 바닥에 누웠다. 그러다 나까지 피로가 몰려와 깜빡 잠이 들었다. 문득 눈을 떠보니 내 배 위에 엎어진 아기가 드릉드릉 코까지 골며 곤히 자고 있었다. 그런데도 침대에 내려놓으니 화들짝 깨며 울음을 터뜨렸다. 운다고 계속 안아 재울 수는 없는데. 나는 아기를 아기 침대에 눕힌 채 몸을 숙여 가슴을 토닥여 주었다.

"노아야, 엄마랑 헤어지기 싫었어? 내일 일어나면 우리 재미있게 놀 거야. 그러려면 '안녕' 인사하고 노아는 여기서 코 자야지."

아기는 가슴을 토닥여 주는 엄마를 보고 기분이 좋아졌는지 점차 울음을 그쳤다. 조금 있으니 턱을 접으며 헤헤 웃기까지 했다. 그런 아기가 요정 같다고 생각했다. 사랑해. 우리 내일 만나. 나와 떨어지지 않으려고 안간힘을 쓰던 아기는 미소를 지으며 방문을 닫고 나가는 나를 바라보았다.

불안하면 꼭 죽을 것 같지. 할 줄 아는 말이 없으니 울음을 터뜨리는 거겠지. 그 심정이 이해되면서도 아기가 원하는 대로 다 해줄 수는 없는 '키우는 일'의 어려움이 어깨를 짓누르는 것 같았다.

아기를 낳은 첫해에는 세상이 잘못될까 하는 걱정을 시도 때도 없이 했다. 밤낮없이 신생아를 돌보려니 항상 잠이 부족했는데 그 와중에 불면증이 생겼다. 황당했다. 졸려서 쓰러질 것 같은데 불면증이 웬 말인가. 나는 너무나 소중한 무언가가 생기면 그것을 망치거나 잃을까 걱정하다 쉬이 불면에 시달리곤 했다는 걸 나중에야 기억해 냈다.

엄마는 내 아기 시절을 떠올릴 때마다 "너는 잠을 잘 자는 순한 아기였다"는 말을 빼놓지 않는다. 아기였을 때는 그랬던 걸까? 잠을 제대로 달게 잤던 기억이, 6세 이후로는 많지 않아서 그런 말이 남 얘기처럼 신기하게 들렸다. 내 기억 속 나는 언제나 잠들기를 어려워했고 어렵사리 잠이 들어도 악몽을 자주 꿨다. 어린 나의 수면장애는 내가 침대에 오줌을 싸기 시작한 즈음에 생겼다. 동생과 내가 함께 쓰던 방의 불이 꺼지면 세상이 어디론가 사라질 것 같은 기분에 사로잡혔다. 두렵고 외로운 밤들이었다. 초등학교 1학년이었는데도 새벽 두 시를 넘겨 잠드는 날이 있었다. 그런 날에는 거실 소파에 웅크린 채 텔레비전의 알록달록하게 번쩍이는 화면조정을 바라보며 잠들기를 기도했다. 거실에서 그런 나를 발견하고 침대로 돌려보내는 게 자다 깬 엄마 아빠의 일이었다. 어떤 날에는 엄마 아빠와 함께 잤다. 그러면 잠이 왔다. 혼자 침대로 돌아가 피곤에 지쳐 잠든 날에는 자다가 오줌을 쌌다. 제대로 자지 못했던 나는 낮이면 교실에서 멍하게 앉아 있곤 했다.

장애인이 된 동생, 우울한 엄마, 피곤한 아빠, 매일 싸우는 부모… 불안해서 죽을 것 같았다. 표현력이 달려 할 수 있는 말이 없는데 울기에는 애매하게 나이를 먹어서 이도 저도 못 하고 가족이 해체될까 두려워만 했다. 그 일이 내게는 곧 세상의 멸망과 같았고 세상이 망하면 그다음으로는 죽음이 성큼 다가올 것 같았다. 너무나 소중한 가족이 망할까 봐 걱정하다 불면증을 얻었는데 엄마 아빠는 그런 나를 돌보기에 너무 어렸고 바빴고 팍팍한 생활을 견디고 있었다. "너 어릴 때는 참 순하고 착했는데." 이 무심한 말을 나는 꽤 어려서부터 오랫동안 들었다. 내가 말처럼 순하고 착했던 시절이 과연 몇 년이나 되었을까 싶다. 불안이 많으면 순하게 살 수 없는 걸까? 어느 때에는 불안 없이 해맑고 순한 애들을 만나면 질투심을 참을 수가 없었다.

세상이 무너지는 일, 살고 죽는 일에 비하면 잠들고 깨어나는 일은 다정하지 않나. 아기가 잠드는 일이 안전하다는 사실을 믿으면서 매일 잠들 수 있기를 바랐다. 그래서 아기를 재우는 일에 매달렸다. 불안을 잘 다스리는 법과 순순히 잠드는 법을 익히지 못해서 지금까지도 종종 불면에 시달리는 내가 귀찮아서.

아기는 매일 아침 일곱 시 반에 일어난다. 나도 아

기를 따라 그때 일어난다. 그런데 이사하고 며칠 지나지 않아서는 누적된 피로에 지쳐 그만 여덟 시 반까지 늦잠을 자고 말았다. 분명 일곱 시쯤 아기방에서 얼핏 종알거리는 소리가 들렸던 것 같은데 내가 일어날 때까지도 아기는 자고 있었다. 늘 일어나던 시간에 일어나 애착 인형과 놀면서 나를 기다리다 다시 잠든 듯했다. "미안해, 엄마가 늦잠을 잤어" 하면서 아기를 깨우니 벌떡 일어나 잠이 덕지덕지 묻은 얼굴로 함박웃음을 지었다. 그러고는 "엄마 안나, 안나" 하고 저를 안으라며 작은 두 팔을 내게 뻗는다. 엄마가 올 거라고 믿고 있었네. 그런 해맑고 순한 아기에게 질투심이 들지 않았다. 불안을 믿음으로 채우고 싶다고, 아름다운 마음으로 살고 싶다고 바라게 된 아침이었다.

걷는다

참
쉽지 않았지
지난 해
소중하고 무거운
돌을 이쪽에서 저쪽
또 저쪽에서 이쪽으로
옮기는 걸 계속 반복
하는 것 같았어
맞아

마!!
안 나!!
너무
찰떡 같은
표현이야
소중한
돌…
의지를 가진
무겁고 소중한
돌이야 이젠
엄마
안나
바위라고
하는 게
좋겠다

동정과 존중

대학병원에서 미숙아로 태어난 아기는 출생 후에도 대학병원 진료를 몇 차례 받아야 했다. 그날은 육아를 도와주기 위해 서울에 올라온 부모님과 병원에 간 날이었다. 엄마는 병원 로비를 오가는 아픈 아기를 보면서 "어떡하냐"고, "너무 속상하다"고 했다. "노아가 많이 아프지 않아서 다행"이라고도 했다(엄마의 입에서 나오지 않기를 가장 바란 말이었다). 어느 날 갑자기 장애인이 된 아들을 키운 엄마는 타인이 겪는 비슷한 종류의 불행에 더 깊이 이입하는 사람이 되었다. 나는 그저 "엄마, 그런 말 하면 안 돼" 하고 조그만 목소리로 속삭였다. 나는 엄마를 포함해 엄마의 말을 들었을지 모를 사람들이 마음을 다칠까

봐 조마조마했다.

갓 한 살을 넘긴 아기를 보면서 나는 알 수 없는 우리의 미래를 생각했다. 내가 장애가 있는 아이를 키우게 될지, 내가 장애가 있는 엄마가 될지 미래의 우리만이 알고 있다. 누구도 예상할 수 없다. 나는 이 사실을 우리 가족의 지난날을 통해 깨달았다.

병원에서 집으로 돌아가면서 엄마가 병원에서 한 말, 그 말을 불편하게 여겼던 나, 내가 보았던 아이들, 그 부모들의 얼굴에 대해 생각했다. 그때 아빠가 말했다. "이 병원에 와서 현민이 청력검사 했을 때, 교수가 그러는 거야. '애 귀머거리예요. 농학교밖에 못 가요.' 생생하게 기억나. 이 병원이었잖아."

이름난 대학병원의 교수가 다섯 살 된 아이와 부모에게 냉정한 말투로 진단 내리는 장면을 상상해본다. 교수는 너무 많은 청각장애아에게 난청을 진단하느라 진력이 났을지도 모른다. 그렇지만 엄마 아빠, 동생과 나에게는 생애 처음 겪는 일이었는데, 두 번 겪기 쉽지 않은 일인데. 좀 부드럽게 말해주지. 이제 와 아쉬운 마음이 든다. 30년 전의 일이다.

그런 일도 있었다.

　어린 시절 우리 가족은 저녁식사를 마치고 나면 으레 텔레비전 앞에 둘러앉았다. 부모님은 이 채널 저 채널을 둘러보다가도 '불우 이웃' 성금 모금 프로그램이 방영 중이면 채널을 고정했다. 가난이나 질병 또는 장애로 생활이 어려운 화면 속 사람들을 보면서 우리 가족은 너무 가엾다며 눈물지었다. 방송 중 화면 속 ARS 전화번호로 천 원씩 기부금을 받기도 했는데 감정이 많이 동한 날이면 엄마는 전화를 두세 통씩 걸기도 했다. 너무 불쌍하다. 너무 불쌍하잖아. 그렇게 말하면서. 나는 그때 생각했다. 누군가도 우리 가족을 보면서 불쌍하다고 할까? 엄마는 늘 돈이 없다고 화를 내고 동생은 청각장애인인데. 누군가는 우리 가족을 딱하게 여겼을지 모르겠지만 내 생각에 우리 가족은 그렇게 불쌍하지 않았다.

　부모님과 함께 살던 시절의 또 다른 기억이다. 아빠 차를 타고 도로를 달리다 보면 간혹 로드킬을 당한 고양이를 마주쳤다. 아무도 치우지 않아서 그대로 바닥에 포처럼 달라붙은 사체였다. 휴대전화도 다산콜센터도 없던 시절이고 비슷한 게 있었다고 해도 어찌할 방법을 몰랐던 건 마찬가지다. 고속도로를 달리다 본 죽은 지 얼마 안 된 고양이를 사나흘 후 같은 자리에서 편평해진 모습으로 다시 마주치기도 했다. 우리 가족뿐 아니라 그 누구도 사체를 수습할 생각을 하지 못했으므로. 그 옆을 지나면서 아빠는 "쥐포가 됐네"라고 했고 나는 그 말이 웃기다가도 슬펐다. 그 말에 숨은 고양이의 죽음에 대한 무례가 나를 이내 슬프게 만들었다. 아무도 그 고양이를 불쌍하게 여기지 않았다.

그로부터 몇 년 후 내가 길에서 아기 고양이를 주워다 키우기 시작한 이후부터 우리는 도로에서 죽은 고양이 사체를 보면 덤덤할 수 없게 되었다. 언젠가부터 아빠는 차에 목장갑을 싣고 다니기 시작했고, 가능한 상황에서는 차에 치인 고양이를 더 이상 다른 차가 밟지 않도록 도로에서 치워주는 사람이 되었다. 그런 일을 겪은 날에는 두 분이 함께 조금 우울해하시는 것 같았다.

그런데 어쩌다 도로에서 죽은 고양이 생각이 났지.

1990년대에는 도로에서 차에 치여 죽은 고양이를 봐도 어찌할 방법을 모르는 사람들이 더 많았다. 병원에서의 엄마도 마찬가지였다. 엄마는 아픈 아이들을 보면 나와는 다른 수준으로 그 아이와 부모에게 이입해 버리고 만다. 별다른 방법이 없는 순간들이 있다. 하지만 어쩔 수 없는 그런 순간에도, 거리가 많이 떨어져 있어도, 맺은 관계가 있어도 없어도, 다른 생명체의 불행이나 어려움에 예의를 지키며 살고 싶다. 알맞은 방법으로. 뭔가를 할 수 있든 없든 눈에 미처 보이지 않는 부분에까지 예의와 존중을 갖추려 애쓰는 마음을 고민한다.

길을 지나다 차에 치여 죽은 고양이를 보면 나와 함께 사는 고양이들이 조금씩 죽는 것만 같다. 장애 판정을 받은 아이의 엄마가 아기를 죽이고 자신도 자살했다는 뉴스를 접하면 내가 그 엄마가 된 것만 같다. 나는 이토록 쉬운 동정심의 지리멸렬함과 아무리 노력해도 동정심이 들지 않는 마음의 비정함 속에서 혼란을 느끼며 시간을 보내다 지금의 나이가 되었다.

너무 불쌍하다. 너무 불쌍하잖아. 엄마의 목소리가 귓가에 맴돈다.

나는 아이에게 어떤 슬픔은 영원할 것 같아도 분명 흐려지고, 정말 좋은 것들은 어려움을 무릅쓸 만한 가치가 있다고 알려줄 수 있을까? 인생이 마치 결정적 10초를 위해 두 시간을 달려야만 하는 영화처럼 느껴진다.

이런 내가 이미 겪은 슬픔에서 빠져나와 때로는 함부로 동정하거나 섣불리 돕지 말아야 한다는 걸, 동시에 멀리 떨어진 사람 같아도 어떻게든 우리와 연결되어 있으니 반드시 서로 살피고 도와야 한다는 걸 확신을 갖고 알려줄 수 있을까? 결정적 장면 10초를 위해 두 시간을 열심히 집중하는 사람이 될 수 있을까? 이제 나는 사람을 키우는 사람이라서, 그렇게 믿어야만 한다.

외삼촌

동생이 아기를 보고 싶다며 놀러 왔다.

애가 아직 6개월밖에 안 됐는데 그게 먼 소리야
음매
!!!
챙피는 무슨 응애만 하는데

아~ 하튼 특이해
조심..
만두

어설프게나마 아기를 봐주는 사람이 있어서
밥을 편하게 먹을 수 있었다.

나는 노아가
영주실을 잡으면
좋겠어

…
내가 기대한 것:
청진기, 건물, 돈

아기가 지금은
건강하지만 미래는
아무도 모른다.

아기에게 가족에 대해 잘 설명해 주고 싶다.

특히 외삼촌의 인생에 대해서는
더 정성 들여 알려줄 것이다.

니가 좋으면
그걸로 됐네
그래?
응 애기는
별로 상관 안 할
것 같거든
ㅋㅋ

변두리 가족의 탄생

한국어를 능숙하게 구사하는 다양한 국적의 사람들, 혼혈인 케이팝 아이돌과 배우들은 이제 더 이상 낯선 존재가 아니다. 다채로운 매력으로 한국 사회에 녹아들어 한국인의 사랑을 듬뿍 받는 외국인들을 본다. 나라 안팎으로 큰 사랑을 받고 있는 한국인 가수와 배우들은 또 얼마나 많은지. 이 모든 난리가 있기 10년 전쯤, 망원동의 작은 골목에 자기 이름을 걸고 식당을 연 혼혈 외국인이 있었다. 나의 배우자다.

식당을 개업한 후 운 좋게도 입소문이 잘 나서 손님이 끊이지 않았다. 덕분에 큰 마음고생 없이 식당 일을 이어갈 수 있었다. 마음고생은 의외로 다른 데서 하게 되었다. 어머니의 나라가 궁금해 한국에 왔고 어설프게나마 한국어로 한국인과 더 소통하려 애쓰던 배우자가 종종 자신이 외국인으로서만 더 '기꺼이' 소비된다는 사실과 우리나라 특유의 '빨리빨리' 문화에서 발생하는 무례에 마음이 지친 것이다. 손님들은 대체로 매너가 좋고 배려심 깊은 사람들이었지만 그럼에도 세상에는 정말 다양한 사람들이 있었다. 나와 배우자 역시 나름대로 유별난 구석이 있었다. 배우자는 무례한 사람을 마주치면 마음속으로만 욕하는 요령을 부리지 못했다. 무례한 상황을 겪는 즉시 눈과 표정으로 상대를 비난했다. 그러니까 그건 그의 의지가 아니라 반사적인 반응 같았다. 좀 더 세련된 태도로 상황을 헤쳐나가면 좋겠다고 바라기도 했지만 그런 태도가 윤리적으로 문제가 있는 것도 아니라서 그저 함께 사는 사람으로 이 정도는 감당할 수 있다고 생각하며 그의 곁을 지켰다.

누군가는 그런 사람이 어떻게 요식업을 할 수 있었냐고 되물을지도 모르겠다. 그래서 손해를 많이 봤다. 세상에는 다양한 사람이 있다. 심지어 한 사람

안에도 다양한 면이 있지 않은가. 그런데 무례한 손님과는 그 무례함만을 기억한 채 이별할 수밖에 없으니 그것만으로도 이미 손해였다. 익명의 공간에 적극적으로 분노 표출하기를 서슴지 않는 손님의 심기를 건드리는 날에는 지도 앱에 '사장이 싸가지 없는 외국인이니 가지 마라' '한국인을 무시하는 외국인 사장이 영업하는 식당이다' 같은 리뷰가 생겨나곤 했다.

나는 종종 어맨다와 간을 생각한다.

중학생 시절 한 학년 위에 '어맨다'라는 이름의 언니가 있었다. 지금이야 한국을 모르는 사람이 거의 없고 다양한 나라 출신의 외국인이 한국을 여행하거나 한국에서 생활하지만 당시만 해도 외국인들에게 한국은 낯선 나라였다. 다만 내가 나고 자란 동네의 특성상 주변에서 미국인들을 종종 볼 수 있었다. 물론 지금처럼 친근한 이웃 같지는 않았다. 미국인 가족은 웬만하면 군부대 안에 있는 미국인 학교에 자녀를 보냈다. 동네의 평범한 중학교에 다니는 미국인은 흔치 않았다. 그러니 어맨다라는 이름, 백인 같지도 동양인 같지도 않은, 그렇지만 다른 아이들보다 큰 골격과 곱슬머리를 가진 외모는 눈에 띌 수밖에 없었다. 나는 내 빈약한 경험과 사유만큼만 어맨다를 이해할 수 있었다. '우리 동네는 미국 공군 기지 근처라 '양공주'들이 좀 있다고 했는데 그럼 어맨다도 양공주의 자식인 걸까?'라고 생각했던 기억이 난다.

기억은 스물아홉 살 때의 어느 날 버스 안으로 건너뛴다. 나는 배우자의 예술가 레지던시 결과 발표 전시를 보기 위해 대구에 갔다가 그와 함께 버스를 타고 상경하고 있었다. 그때 자꾸만 어디선가 시선이 느껴졌다. 나를 향해 중얼거리는 소리도 들렸다. 버스 통로의 맞은편에 앉은 할머니가 우리, 특히 나를 쳐다보면서 화를 내고 있었다. 나를 보면서 양공주라는 단어를 몇 번이고 반복했다.

어맨다의 엄마를 양공주라 부르는 일이 옳지 않다는 생각을 하지 못했던, 아니 그것보다 어맨다의 엄마가 한국인인지 아빠가 한국인인지도 모르면서

그저 양공주라는 단어를 들으면 무심코 어맨다를
떠올렸던 나는 그로부터 몇 년 뒤 양공주 소리를 듣
게 된다.

　누군가 자기를 조금이라도 무례하게 대하도록 두
지 않는 태도는 배우자가 아주 오랜 시간에 걸쳐 자
신을 보호해 온 나름의 생존방식이었다. 누군가 자
신을 놀리려 들면 호락호락 내버려두지 않았던 어
맨다의 눈빛 같은. 어맨다는 덩치도 작지 않았고 눈
매도 매서운 편이었지만 친구들과 웃으며 장난을
칠 때면 나는 언니가 예쁘다고 생각했다. 나를 양공
주라 욕하는 할머니에게 한마디도 받아치지 못한
나는 무례한 사람들에게 속없이 웃어주는 태도가
잘못된 것임을 알고 있으면서도 막상 식당에서 손
님들의 분노를 마주하면 배우자에게 화가 났다. 남
편의 생존방식을 이해하지 못했으므로. 사람은 자
신의 경험과 사유만큼만 누군가를 이해할 수 있으
므로. 나는 우리가 서로를 이해하고 있다고 생각했
는데 결국 여유가 사라지니 자신만을 생각하게 되

었다. 화가 난 손님도 그래서 화가 났겠지. 손님을 화나게 한 우리 역시 그래서 실수한 거겠지. 어떤 상황에서도 비슷한 수준의 여유를 갖고 타인을 이해하기 위해서는 오랜 훈련이 필요했다.

대학생 때는 일본에서 유학 온 재일교포 친구 '간'과 몇 개의 강의를 함께 들었다. 그녀의 호적상 이름은 시오리였는데 자기 이름을 한자로 쓰면 간栞이라며 자신을 간이라고 부르라고 했다. 우리는 그 애를 김간이라고 불렀다. 진한 화장을 한 얼굴로 강렬한 그림을 그리던 간이. 나와는 접점이 없으리라 생각했는데 의외로 이런저런 활동을 함께했다. 나는 간이가 독서 모임 첫 시간에 들려준 자기소개를 아직도 기억한다. "일본에서는 열세 살쯤 되면 귀여운 여자아이가 되는 것이 최고의 목표가 되는데, 나와는 상관없는 일이라고 생각해서 가라데를 배웠습니다." 귀여움 대신 가라데를 선택한 어린 간이를 상상해 보았다.

2006년의 인도 여행에서 만난 독일인 아저씨는

나더러 '노스 코리아'에서 왔냐고 물었다. 나는 '삼성'을 모르냐고 되물었지만 아저씨는 삼성도 몰랐다. 노스 코리아도 사우스 코리아도 삼성도 알려지지 않았던 시절, 혼혈 미국인인 배우자는 어머니의 나라가 궁금해서 한국에 왔다. 그전에는 한국을 방문한 적도, 한국어를 배운 적도 없었다. 오로지 자신의 의지로 어머니의 나라에 와서 한국어를 배우며 한국 사회에 정착하기 위해 애를 썼다. 그리고 한국인과 결혼해 자신처럼 혼혈인 아기를 키운다. 고생과 모험을 자처하도록 등을 떠미는, 자신의 기원을 알고자 하는 열망이란 무엇일까. 언젠가 내 아기도 그 열망을 갖게 될까. 아무래도 좋다. 고생해서 얻는 것들은 아름다울 수밖에 없으므로.

한국에서 한국인들과 한국어로 대화하는 배우자를 볼 때면 나는 씩씩한 간이를 자주 떠올렸다. 간이 역시 자신의 뿌리를 알고 싶어 그다지 유명하지 않은 나라에 구태여 찾아와 새로운 이름으로 새 친구들을 사귀었던 거겠지. 그러다 여러 오해 속에서 한국인을 상대하며 마음을 다치고 속상해하는 배우자를 보면서는 다시 어맨다를 생각했다.

사람은 자신의 경험과 사유만큼만 타인을 이해한다. 그렇다면 경험하지 못한 일들의 한계는 어떻게 넘어야 할까? 요즘 사람들이 다시 책을 많이들 읽는다고 한다. 나는 읽는 사람들에게서 연결되고 싶은 욕망을 본다. 해보지 못한 경험에 어떻게든 다가가려는 노력이 분명 있다. 우리는 식당을 운영하면서 무례한 사람도 많이 만났지만 노력하는 사람들을 더 많이 만났다.

우리는 왜 모두 다른지, 타인과 다른 나를, 나와 다른 타인을 어떻게 받아들이고 나아가 사랑해야 할지… 어쩌면 우리는 그걸 알고 싶어서 가족이 되기로 했는지 모른다. 계속 노력하고 싶어서.

귀여운 청소

아기가 누워만 있을 땐
아기의 물건들이 모두
제자리에 있었다.

이제는
예상 못 할 일 투성이.

아기를 재우고 아기방 문을 닫고 나와도

아기가 걸어 다니게 되면서
귀여움 넘치는 저녁 청소 시간이 생겼다.

즐거운 외출

아기와 나는 꼭 갈라놓기 전의 쌍쌍바 같다. 친정 부모님이 한 달에 두어 번 집에 들르시기도 하고 출근하기 전 두어 시간 배우자가 적극적으로 육아에 참여하는데도 아기가 어린이집에 가 있지 않은 시간과 주말에는 나와 아기 둘이서만 시간을 함께 보낸다.

육아란 뭘까. 마치 내 말을 자기 좋을 대로만 듣고 많은 상황에 협상을 거부하면서도 나를 너무나 좋아하는 친구를 상대하는 일 같다. 물론 나도 그 친구를 몹시 좋아한다! 하지만 '친구처럼 다정한 엄마'라는 명제는, 친구가 아니라 엄마로서의 다정한 지도력을 갖출 때 진정한 의미가 있음을 애를 키워보니 알겠다. 그리고 그 '다정한 지도력'을 갖추기가 얼마나 어려운지도 실감한다. 얼마나 어려운지를 동네방네 호소하고 싶을 만큼. 월등한 정보력과 행동력, 카리스마를 가져야 하는 친구(나)가 자기 마음대로만 하고 싶고, 그런데 사실은 자기 마음이 뭔지 잘 몰라 혼란스럽고, 그럼에도 말도 안 되게 사랑스러운 친구(아기)와 즐겁게 시간 보내기를 능숙하게 해내야 하는 일이 바로 육아다. 기운이 중요하다. 정신을 집중해야 한다.

정신 집중만 하기에도 기운이 부족한데 아기가 클수록 몸을 써서 육아할 일이 많아진다. 아기에게 스마트폰이나 태블릿 PC를 쥐여주지 않고 시간을 함께 보내려니 내가 근육통에 시달려야 했다. 스마트폰과 태블릿이 없던 세상과 있는 세상에서 모두 살아본 나는 인터넷이 없으면 얼마나 일상이 불편해지는지 알게 되었다. 이제 반짝이는 화면 속 세상은 진짜 세상만큼이나 중요한 것이 되었다. 어린 시절 텔레비전에서 뿜어져 나오던 번쩍번쩍하고 알록달록한 빛들이 기억난다. 지금처럼 24시간 방송이 송출되지 않았고 밤 열두 시가 넘으면 색색의 화면

조정이 나오던 시절이다. 그러니 주말에 방영하는 〈전국 노래 자랑〉마저도 내게는 너무 재미있었다. 요즘 콘텐츠에 비하면 평양냉면 같은 슴슴한 맛이 었지만. 지금은 죄다 불닭볶음면이다. 언젠가 어차피 먹게 될 자극적인 음식, 조금이라도 늦게 먹기를 바라면서 휴대폰과 태블릿을 치운다. 내가 그랬던 것처럼 아이도 언젠가는 인터넷에 중독될지 모르니 그 시작이나마 늦춰보겠다는 내 나름의 작은 발버 둥이다. 많은 육아 서적이 과학적인 근거를 바탕으 로 영유아에게 미디어를 차단 혹은 제한하기를 추 천하는데 나는 그저 내 경험을 바탕으로 열심히 차 단해 본다. 인터넷이 없으면 뭘 하기가 어려운 엄마 보다는 인터넷 없이도 무엇이든 조금 덜 어려워하 기를 소망하면서.

그렇게 나를 망친 기계를 아기에게서 떼어놓고 내 몸으로 2년이라는 시간을 메웠다. 돌이켜보면 대 체로 좋은 날이었다. 동전 파스를 비롯한 각종 파스 에 그 공을 돌리고 싶다. 아기가 잘 때는 나도 무조 건 누워서 잠을 청했던 판단력에도. 집 안에 어질러

진 물건들은 흐린 눈으로 모른 척했다. 설거지는 쌓아두었다. 내 몸은 하나뿐이고 기운은 늘 모자라니 선택과 집중을 한다면 집안일이 아니라 아기에게 해야 했다. 그렇게 아기와 시간을 보낸다는 핑계로 계절이 바뀌는 풍경을 매일 볼 수 있었다. 미세먼지 걱정은 잠시 뒤로하고 매일같이 밖으로 나갔다. 내게는 더 이상 새로울 것 없는 세상이라고 생각했는데 매일 밖으로 나서니 새삼 새로운 기분이 들었다. 10년 넘게 보아온 망원동 풍경도 새로운 인간과 함께하니 낯설었다.

나와 아기는 대중교통을 자주 이용했다. 우리 가정에는 자가용이 없다. 유아차를 타는 아기와 서울 곳곳을 대중교통으로 다니기는 물론 불편하긴 했지만 불가능한 일은 아니었다. 여전히 교통 약자가 불편함을 감당해야 하는 비장애인 위주의 시설물이 대부분이지만 제도가 뒷받침하지 못하는 부분은 누군가의 호의로, 그 호의마저 없을 때는 내 씩씩함으로 채웠다. 나와 아기를 포함한 이동에 어려움을 겪는 사람들이 차별을 느끼지 않고 이동할 권리를 보장받으면 좋겠다고 생각하면서.

아기와 함께 지하철, 버스를 타고 미술관과 남산 공원, 광장시장, 동대문 시장 등 서울 곳곳을 다녔다. 아기와 대중교통으로 이동하기가 점점 익숙해져서 어느 시점부터는 그냥 내가 가고 싶은 곳에 아기를 데려가는 수준에 이르렀다. 주말이면 따뜻한 샌드위치를 보온 도시락에 넣고 길을 나섰다. 그러다 배가 고파지면 나는 밥을 사 먹고 아기는 챙겨 온 샌드위치를 먹였다. 간단하게 몇 가지 재료로 만든 오믈렛을 넣은 샌드위치는 아기가 유아차에 앉아서도 많이 흘리지 않고 두 손으로 들고 먹을 수 있는 메뉴였다. 예전이었다면 어떤 제약도 없이 자유롭게 했을 일들을 이제는 아기와 함께하면서 불편하게 절반쯤만 할 수 있게 되었지만 여전히 즐거웠다. 대화가 잘 통하지 않는 작은 인간과 돌아다니기는 어쩐지 겸손한 기분을 들게 하는데, 이 기분까지도 좋았다. 아기와의 동행은 아무래도 약간의 불편을 의미할 수밖에 없고 이렇게 된 이상 '자, 오늘은 (불편하지만) 어떻게 재밌게 놀아볼까' 하는 마음이 된다. 자꾸만 불편함을 감수하려는 나 자신을 더 좋아하게 된다. 그렇게 놀고 돌아오는 길, "노아야, 오늘 남산에 가서 낙엽 주운 거 재미있었어? 나무 위에 씩씩하게 올라갔지? 다섯 번이나 올라갔지?" 하는 내 물음에 "응" 하고 고개를 끄덕이는 아기를 보면 피로가 스르르 사라지는 것만 같다. 물론 진짜 피로는 아기를 재우고 난 뒤에 여기저기 파스를 붙여 다스려야 한다.

나는 약 2년간 자동차와 카시트 없이 아기를 들었다 내려놓기를 몇 번이나 반복하고 유아차를 끌고 싣고 밀면서 지하철과 버스, 택시를 타고 외출했다. 아기와 둘이서만 도시를 다니려면 세상을 믿어야 한다. 적지 않은 기사님 혹은 지나가다 도와주시는 분들이 자주 물었다. '애기 아빠'는 어디 있기에 엄마 혼자 이러느냐고. 그래서 우리는 운영하던 식당을 정리했다. 폐업이 갑자기 뚝딱 되는 일은 아니라 2025년까지도 나와 아기는 둘이서 다녔다. 아기를 키우며 자영업자의 육아, 자동차 없는 사람의 육아, 다문화가정의 육아 등 떠들고 싶은 내용이 아주

많아진 사람이 되었다. 물론 스쳐 지나가는 사이에
는 "애기 아빠는 일하고 있어요…" 하고 대답할 수밖
에 없었지만. 그건 그것대로 어쩐지 사연 있게 들려
서 민망했다. 문득 주변을 둘러보니 주말에 밖으로
외출한 아기들은 모두 엄마 아빠, 심지어 조부모님
까지 동행한 경우가 많았다. 내가 혼자 아기를 키우
는 엄마라면 어쩌려고 저런 질문을 하시는 걸까 싶
다가도 '아기 아빠는 어디서 뭘 하고 있기에 아기 엄
마 혼자 유아차를 이고 지고 이렇게 고생스럽게 돌
아다니느냐'는, 걱정과 선의가 섞인 물음임을 알기
에 그 마음만 기억하기로 했다. 그렇다고 '꼭 아기
아빠가 있어야만 외출할 수 있는 건 아니지 않냐고,
아기 아빠가 없다고 아기랑 집에만 있는 게 더 안 좋
지 않겠느냐'고 받아치고 싶은 마음이 사라지는 건
아니었다.

　아기는 이제 버스나 택시 좌석에 앉혀놓으면 내
가 유아차를 접는 사이 얌전히 나를 기다리기도 하
고 지하철 안에서는 잠시 수다를 참기도 한다. 집이
나 어린이집 같은 익숙한 장소 밖에서의 자신을 만

들어가는 듯하다. 공공장소 이곳저곳에서 실수도 해보고, 분위기를 읽어 상황에 맞춰서 행동하는 나름의 방식을 익히고 있음을 느낀다.

서울은 너무 좁은 공간에 너무 많은 사람이 모여 살면서 너무 많은 일을 하기 때문인지 모두가 조금씩 화가 나 있고 지쳐 있다. 그래서인지 모두가 서로의 눈치를 살핀다. 어린이를 위한 어린이용 시설에서조차 아이들이 크게 소리를 내면 안 되는 신기한 도시다. 어쨌든 우리도 서울에 살고 있으니 이곳의 규칙을 따라야겠지. 아기는 그걸 배우고 있다.

아기와 지내는 두 해 동안 씩씩함이 좀 늘었나 싶다. 몸은 힘들지만 아기를 키우는 일이 즐겁다. 걱정 없이 더 멀리멀리 가보고 싶다. 좋은 경험들을 가능한 방식으로 성실하게 찾아다닐 수 있음을 아기 덕에 잊지 않을 수 있었다.

속상할 기회

어느 날은, 아기가
통에 담은 쌀튀밥 과자를
걸어 다니며 먹으려고 하기에
분명 쏟겠지 싶었지만
그냥 두었다.

저걸 저렇게 쏟는구나
사 샥
바닥에 떨어진 건 먹으면 안 돼

위험하지 않다면 울 일이
생길 것 같아도
내버려두는 편이다.

속상할 기회를 뺏지 않으려고 한다.

충분히 속상하고 나면 비슷한 일에 덜 속상해한다.

불편한 감정들을
모른 척하지 말고
그 얼굴을 잘 알아두고 지내기를.

도서관 모험

어린 내가 도서관에 자주 갔기 때문에 행복해졌는지는 모르겠다. 그렇지만 도서관에 다니지 않았더라면 불행을 어찌할 줄 모르는 사람이 되었을지도 모르겠다고는 생각한다.

책이 좋아서 도서관에 간 건 분명 아니었다.

도서관에 가면 아빠는 우리에게 과자 한 봉지나 자판기 우유를 사주었다. 둘 다 사주는 날도 있었다. 자판기 우유는 어찌나 고소하고 달콤하던지. 나는 도서관에 가는 길 내내 자판기 우유를 마실 생각에 들떴다. 그런 행복이 좋았다. 아빠는 충분히 행복해진 나와 동생을 어린이 열람실에 데려다준 다음 일반 열람실에 가서 당신이 보고 싶은 책이나 바둑 잡

지를 읽었다. 지하에 있는 신문 열람실에 내려가 신
문을 읽기도 했다. 도서관에서 나는 즐거운데 아빠
는 즐겁지 않아 보여 아빠에게 미안할 때도 있었다.
어디에 있든 조금은 지쳐 있었던 가여운 젊은 아빠.
그래도 아빠는 도서관에 가자는 나와 동생의 부탁
을 거절하지 않았다. 그런 아빠에게 지금까지도 고
맙다.

어느 날엔가는 문득 열람실이 달리 보였다. 우유
와 과자를 먹으러 도서관에 가던 우리가 열람실을
가득 채운 책들을 인식하기 시작한 것이다. 큰 책,
작은 책, 얇은 책, 두꺼운 책, 그림이 예쁜 책, 글이
아름다운 책이 어느 순간 눈에 들어왔다. 그때부터
나와 동생은 자판기 우유가 아니라 책을 위해 도서
관에 갔다. 서로가 무슨 책을 읽는지 확인하며 즐겁
게 책을 골랐다. 우리 둘의 대출 허용 권수를 합해
재미있는 시리즈물이나 좋아하는 작가의 여러 작품
을 한꺼번에 빌리기도 했다. 그러다 어린이 열람실
에 드나들기에 몸도 마음도 커버린 후에는 일반 열
람실에서 책을 읽었다. 더 이상 아빠가 도서관에 데

려다주지도, 과자나 우유를 사주지도 않았지만 동생과 나는 계속해서 도서관에 갔다. 방과 후에 둘이 따로 도서관에 들렀다가 우연히 만나 함께 귀가하는 날도 있었다.

그때는 집에서 도서관에 가려면 도로를 끼고 멀리 돌아가야 했다. 그런데 아파트 단지와 도서관 사이에 있는 작은 산을 가로지르면 훨씬 빨리 도서관에 갈 수 있었다. 우리는 자주 그 산을 오르내렸다. 길도 제대로 나지 않은 산이었다. 임시 계단도 위험했고 하의를 벗고 돌아다니는 남자가 출몰하기도 했다. 동생과 둘이라서 좀 낫긴 했지만 둘 다 어린애들이긴 마찬가지였다. 산길 출입을 들킨 날이면 엄마에게 혼이 났다. 그래도 그 작은 산을 오르내릴 때는 용감한 탐험가가 된 기분이 들었다. 고등학생 때까지도 도서관에서 시험공부를 마치고 그 산을 가로질러 집으로 혼자 돌아가곤 했다. 산이라 가로등도 없었고 밤이면 온통 깜깜한 암흑이었는데 무식해서 용감했다는 생각만 든다. 산길이 왜 위험한지, 내가 맞닥뜨릴 어떤 위험들이 있었는지, 그 위험들이 어떤 불행을 초래할 수 있었는지 알았다면 좋았을 것이다. 철은 없었지만 운이 좋아 다행이었다.

아무도 시키지 않았는데도 위험과 모험을 무릅쓰고 도서관에 드나들던 어린 시절. 그때 그 도서관 덕분에 나는 읽는 법과 쓰는 법을 배웠다. 쓰는 법을 통해 나를 설명할 수 있게 되었고 인생을 조금이나마 알게 되었다. 내 지난날들에 얼마나 많은 행운이 있었는지도 알게 되었다. 그 덕분에 내 삶의 불행을 덜 수 있었다.

주말 아침에는 아기가 제일 좋아하는 음식을 준비한다. 그런 다음 함께 도서관에 가서 시간을 보낸다. 사실 아기는 도서관에서 책을 몇 장 읽지도 않지만.

나는 아기의 점심밥과 만약을 대비한 기저귀, 물병을 챙겨 아기와 함께 집을 나선다. 도서관에 도착하면 책 한두 권을 꺼내 아기에게 보여준다. 아기는 대개 책 한 권을 다 읽지 못하고 자리를 뜬다. 아기는 책 읽기보다 어린이용 의자를 넘어 책상 위로 올라가기, 책이 꽂힌 낮은 책장을 따라 걷기를 하고 싶어 한다. 나는 아기가 큰 소리를 내며 소란을 피우지 않고 책을 읽는 다른 아이들을 방해하는 것 같지 않으면 내버려둔다. 어느 정도 즐거운 시간을 보냈다 싶으면 어린이 열람실 안에 있는 수유실로 가서 챙겨 온 점심밥을 먹인다. 수유실에서 가끔 같은 또래의 아기를 만나기도 한다. 그때 그 아기의 잔잔한 기쁨을 보는 일이 즐겁다. 두 번째로 도서관을 방문했던 날에는 즐거움이 과했던지 아기가 계속 큰 소리로 수다를 떨어 당황했었다. 신기하게도 요즘에는 도서관에 익숙해졌는지 그러지 않는다. 그래도 여전히 아기는 아기라서 목소리가 커질 때가 있다. 그런 날은 일찍 나와 도서관 앞 놀이터에서 조금 놀다 집으로 돌아온다. 아기와 도서관 가는 길은 한적한 주택가 도로를 한 번만 가로지르면 된다. 우리는 안전한 길로 다닐 수 있고 모험을 할 필요가 없다. 어린 시절 도서관 가는 길을 모험처럼 느꼈던 이유는 내가 어려서였다. 아기가 엄마 없이 혼자 도서관에 가는 날이 되면 아기도 모험가가 될까? 내가 그랬던 것처럼.

어린아이였던 날들이 여전히 어제 일처럼 생생하지만 나는 더 이상 어린이가 아니다. 심지어 아직 어린이도 되지 못한 작은 아기를 키운다. 이 현실이 신기하고 놀라울 때마다 어렸던 나를 자꾸 들여다본다. 수많은 퀴즈의 힌트가 꼭 어린 내게 있을 것 같아서. 어린 시절의 기쁨이나 소중한 기억들은 하나같이 소박하다. 그리고 그 곁에는 사랑이 꼭 붙어 있다. 유아차를 찬찬히 밀면서 우리가 도서관에 가는 길에는 얼마나 많은 사랑이 쌓일까 생각해 본다. 훗날 아기가 힘들 때마다 그 사랑을 야금야금 꺼내 먹기를 바라면서.

그냥 그런 기분

응애
애
왜 울지?
모르겠어
그냥 그런
기분인가 봐
내가
안아줄게
휴우
우애앵

후우우
이것 봐
빙글 빙글!
으애애
오늘은
힘든 날이니?
딱 하구나..
애기 엄마는
쉴 수 없다
설거지가
날 기다려
아기도 지내는 게
쉽지 않지?
애

누구나 어른이 된다. 하지만 책임을 다하면서
알맞게 다정해야 좋은 어른이 된다.

노력하는 사랑

내가 서너 살쯤 되었을 때 우리 가족은 4층짜리 작은 아파트 단지에 살았다. 4층짜리 아파트에는 승강기가 없었고 단지 내 인도 한편에는 입주민 안내 사항을 붙여놓는 큰 게시판이 있었다. 그날은 그 게시판에 새파란 페인트를 덧칠한 날이었다. 동네 어린아이들끼리 삼삼오오 모여 놀다가 새로 페인트칠을 한 게시판으로 우르르 몰려가 덜 마른 페인트를 손에 묻히고 놀았다. 장난을 치다 유독성 페인트가 손에도, 옷에도, 머리카락에도 묻었다. 심지어 손에 묻은 페인트를 지우려다 입에 넣고 빨기도 했다. 그러고 집에 돌아가 마주한 엄마의 황당한 표정을 기억한다. 엄마는 나를 가볍게 혼낸 뒤 페인트 묻은 머리카락을 잘라주고 욕실로 데려가 씻겨주었다. 덕분에 그날의 기억이 우울하거나 슬프지 않게 남았다. 심한 장난을 치면 혼은 나겠지만 그래도 엄마는 나를 사랑하니까 엉망이 된 나를 도와줄 거라고 믿게 된 날이었다. 어린 내 의식이 조금은 성장한 날이었다. 사랑을 통해, 누군가를 믿게 되었다.

그럼에도 불구하고 나는 이제껏 무엇이 올바르고 좋은 사랑인지 알아내는 데 너무 많은 시간을 썼다. 그 과정에서 미숙하고 어리석어 실수를 피하려고만 했던 내 모습을 발견하고 다시는 그러지 않겠다고 결심했다. 어떤 날에는 괴로워서 생긴 대로 살고 싶었다. 그저 계속 미숙한 채로 실수하고 싶은데, 아기를 낳으면 있는 힘껏 노력해야 함을 알기에 새 생명을 만들고 싶지 않았다. 우리 가족을 세속적인 기준 속 평균에 올려놓지 못한 채 아기를 세상에 불러내고 싶지 않았다. 그 평균이 뭔지도 몰랐고 옳은지 그른지도 알지 못했다. 뭔가를 알기 위해서는 많은 노력이 필요했고 나는 그저 가능한 한 편하게 살고 싶었다.

그러나 번식 욕구는 내 예상보다 힘이 셌다. 나는 나이를 먹을수록 아기를 키우는 일에 대한 생각을 자주 했다. 이렇게나 변덕이 심한데 임신을 할 수 없는 몸이 된 후에 아기를 낳고 싶어지면 어쩌나 고민되었다. 하지만 그런 이유로 아기를 낳을 수는 없었다. 꼬박 3년을 고민했다. 아기를 낳기 직전 1년 동안은 아기를 키우기에 너무 별로인 내가 싫어서 자주 울었다. 아기를 키우기에 너무 별로인 내 환경도 싫었다. 출산을 망설인 데는 여러 이유가 있었지만 내가 스스로를 좋아하지 못한다는 이유가 가장 컸다.

자신을 좋아하지 않는 부모가 얼마나 아이를 불행하게 만드는지 알았기에 섣불리 결심할 수가 없었다. 시간은 흘렀고 단시간에 나를 바꿀 수는 없다는 결론에 이르렀다. 안타깝지만 나는 그냥 자신을 사랑하기 어려운 사람이었다. 갑자기 자신을 사랑할 수는 없다. 몇 마디 말과 몇 번의 결심으로 가능해지는 일이 아니었다. 큰길로 갈 수 없으니 샛길을 찾기로 했다. 자신을 좋아해서 아이도 행복하게 해주는 부모가 될 수는 없겠지만 자신을 좋아하지 않아도 아이를 불행하지 않게 만드는 부모가 되어보기로 했다. 많이 노력해 보기로.

많은 불안과 걱정을 안고 아기를 낳았다. 나는 내가 부모로부터 물려받은 좋은 것만 기억하기로 했다. 오랜 시간을 거쳐 확인한 중요하고 좋은 가치 몇 가지를 이제 막 태어난 아기 옆에 눕혔다. 함께 잘 키워줘야지. 허무와 냉소, 무기력에 빠지지 않고 싶어서, 노력을 계속하고 싶어서 잘 자고 잘 먹었다. 나는 어린 시절부터 밤늦게 잠드는 습관이 있었는데 이제는 열두 시가 되기 전에 잠이 든다.

아기도 나만큼이나 여러모로 애를 쓴다. 사는 게 본능이고 지금 할 수 있는 가장 중요한 일이라서, 힘든 나를 아랑곳하지 않고 자신이 사는 일에 나를 가져다 쓴다. 내가 잘 돌보지 않으면 금세 지저분해지는, 귀찮고 아는 것 없는 내 작은 아기. 그런 아기가 이렇게나 노력하는 모습을 보고 있으면 '그래 나도 열심히 해야지' 싶어진다.

사는 일은 어차피 고생스럽다. 가끔은 피할 수 없는 길고 지루한 숙제 같다. 내 경우 피하고 싶던 일들을 무릅쓸수록 내가 더 내 자신이 되는 숙제까지 받은 느낌이다. 그래서 잘 돌보지 않으면 금세 지저분해지는 귀찮고 아는 것 없는 내 아기를 정성껏 돌보면서 귀찮고 아는 것 없고 지저분한 어린 내 자신을 돌본다. 피하고 싶었던 일들을 끝까지 외면하지 않은 나를 돌본다.

어린 내가 깜빡 잊고 애착 인형을 놀이터에 두고 온 날을 기억한다. 밤이 되어서야 급히 놀이터로 다시 나가 찾아보았지만 인형은 없었다. 나는 울기 시작했다. 아빠는 동네 놀이터를 전부 뒤진 끝에 쓰레기 수거차에서 인형을 찾아내 내게 다시 가져다주었다.

가난하고 실수도 많았지만 다정했던 엄마가 내 얼굴에 묻은 페인트를 부드럽게 씻어주던 날을 기억한다. 어린 시절 나에게 남은 다정한 마음이 나를 다정한 사람이 되고 싶은 어른으로 키웠다. 스스로를 사랑하지는 못했지만 노력하는 사람이었던 아빠가, 잃어버린 내 애착 인형을 어떻게든 찾아 돌아왔던 날을 기억한다. 덕분에 나는 포기하지 않고 애쓰는 마음이 어떻게 사랑이 되는지 아는 사람으로 컸다. 무엇이 중요한지 알고 있으니 아기에게 좋은 것들을 전해줄 수 있겠지. 무엇을 하든 어디에 있든 다정히 애쓰는 마음으로. 이제 내 눈에는 얼마나 많은 부모가 얼마나 노력하고 애쓰고 있는지가 보인다. 그들이 얼마나 미숙하고 어리석든 아기를 건강하고 행복하고 안전하게 지키기 위해 얼마나 노력하는지가 보인다. 나 역시 많은 순간 미숙하고 어리석을 것이다. 그래도 많이 노력해 보기로 했다. 그런 사랑도 있다는 사실을 받아들였다.

안 되는 일

아기가
거품 목욕을 하는 재미에 빠졌다.

…
버부!!
(= 버블)

버부 아까 했으니까
오늘은 안해

버부우..

엉

엉

엉

버

부

버부 아까 했으니까
오늘은 안해

포기하기 어려운 욕망이 있지
왜 안 되는 건 몇 배로 더 간절해질까?
영
하지만 어떡해. 세상엔 안 되는 일이 진짜 많이 있단다?

안전한 기억

늦여름 창밖에 쌀쌀한 공기가 맴돌기 시작하면 명절 즈음의 캠퍼스가 떠오른다. 대학 시절 나는 학교 앞에서 자취를 했다. 자취방에서 밥을 혼자 차려 먹고 빨래도 청소도 스스로 해결했다. 그래도 집에 가면 엄마가 해주는 밥을 먹을 수 있었다. 부모님 카드로 간식을 사다가 엄마가 깨끗이 청소해 둔 집에서 먹기도 했다. 자취방으로 돌아갈 때는 엄마가 만든 반찬을 잔뜩 챙겨 갔다. 엄마 아빠와 같이 살지 않으면서도 여전히 그들에게 보호받는 느낌이 좋았다. 학교 앞에서 자취하는 애들이란 다 비슷했다. 비슷한 처지의 아이들이 모여 살고 있으니 갈등이나 고민도 비슷했는데 그것까지도 좋았다. 성인이 되었음을 만끽할 수 있으면서도 여전히 부모의 보호를 받는 상태라는 점이. 성인이니까 술도 담배도 할 수 있었고 연애를 해도 누구 하나 나무라지 않았다. 명절이 가까워지면 집에 언제 갈 거냐는 이야기를 주고받았다. 긴 연휴 때마다 어린 새들이 둥지를 찾아 돌아가듯 각자의 집으로 떠났고 캠퍼스는 이내 텅 비어 고요해졌다. 그때 생각했다. 우리는 아직 어린 아이들이라고.

그래서였을까. 대학 졸업 전 휴학계를 내고 일을 하기 위해 상경해 다시 자취를 시작했을 때 충격을 받았다. 다양한 직장에 다니는, 다양하게 지쳐 있고 화가 나 있는 사람들의 다양한 비참함을 보면서 안전한 무리에 줄곧 머물렀던 나의 세계가 깨지는 느낌을 받았다. 무언가가 깨져야만 온전한 삶을 살 수 있겠다고 생각하면서도 사는 게 무서워졌다.

그즈음부터는 특히 눈에 띄는 친구들과 선배들이 있었다. 한 학기 걸러 휴학계를 내고 공장에 다니면서 등록금을 마련하는 선배, 백만 원이 없어서 '캐피탈'에서 돈을 빌렸다는 선배, 아르바이트를 몇 개씩

하던 친구, 짜증 나는 일이 자주 일어나는데도 보수가 좋아서 바 아르바이트를 그만둘 수가 없다는 친구… 우리 학교는 사립 미술대학 중에서는 등록금이 비싼 편이 아니었지만 그마저도 부담스러운 친구들이 많다는 사실도 알게 되었다. 그때 우리는 주로 돈과 가족 때문에 괴로워했고 돈과 가족 문제는 서로 긴밀히 연관된 경우가 많았다. 어떻게든 문제를 풀어나가려 발버둥 치는 또래 친구들이 새삼 존경스러웠다. 지금 내가 가진 것들이 당연한 게 아니라는 사실도 깨달았다.

시간은 덧없이 흐른다. 누군가는 세상을 떠났고 장미가 피고 졌다. 흘러넘치던 기쁨과 비통함은 어느덧 지난 일이 되었다. 매해 쌀쌀한 공기가 코끝에 맴도는 추석 즈음이 되면 나이 든 엄마가 만든 익숙한 맛의 명절 음식을 맛보며 다른 듯 비슷하게 시간을 보낸다.

이제는 누군가를 새롭게 아는 기쁨보다 인생을 고달프게 할 사람을 만날까 봐 두려운 마음이 커져

버렸다. 장미 덩굴을 어여삐 여기는 눈도 침침해졌다. 계절이 바뀌는 냄새를 맡을 기운도, 누군가의 어려움을 오래도록 살필 기운도 부족해졌다.

이렇게 영 재미없는 사람이 되어 섭섭하다. 그래서 뭘 하든 재미있고 새로운 아기가 신기하고 부럽다. 지나가는 기차만 봐도 감탄을 터뜨리는, 얼마 전 태어난 작은 사람이.

내 부모가 그랬듯 무거운 마음을 애써 숨기며 가벼운 인사로 아이를 내보내는 날이 내게도 올 것이다. 아이 역시 언젠가는 우리의 마음에 얼마나 많은 사랑과 애씀이 들어 있었는지를 알게 되겠지.

골목 곳곳에 피어나는 장미를 보면 어릴 적 아파트 단지에서 보았던 장미 덩굴이 떠오른다. 나는 초·중·고등학교 시절을 한 아파트 단지에서 보냈다. 그래서 근처 아파트에 사는 친구들과 하굣길을 매번 함께 걸었다.

봄에서 여름으로 넘어가던 어느 토요일이 유독 기억에 뚜렷이 남아 있다. 토요일이라 오전 수업만 하고 일찍 집으로 가는 길이었다. 공기 중에 푸릇한 냄새가 가득했고 아직 덜 시든 장미가 듬성듬성 담장에 남아 있었다. 우연히 하굣길 친구가 된 아이와 길을 걷고 있었고 그 친구가 지난 새벽 〈신해철의 고스트스테이션〉을 듣다 늦게 잠들었다는 이야기를 했다. 다른 친구들은 모두 〈텐텐 클럽〉을 듣던 시절이었기 때문에 그 친구의 웃음 섞인 고백이 무척 반갑고 기뻤던 기억이 생생하다. 그 친구의 새로운 면을 알게 된 기쁨이었다. 누군가를 새롭게 아는 기쁨, 늦봄의 차가운 공기, 지다 만 약간 못생긴 장미 냄새, 비슷한 취향을 가진 의외의 친구를 만났던 날의 풀 내음.

그때의 안전한 기억은 어쩐지 편안한 느낌을 준다. 부유하지는 않았지만 아주 가난하지도 않았던 시절, 사치스럽지는 않아도 캐피탈에서 대출을 받고 마음 졸이지 않아도 되었던, 내 세상이 쉽게 무너지지 않으리라는 믿음 속에서 살 수 있었던 시기. 가끔은 그때의 기억이 무너질 것 같은 나를 끌어올려 주기도 한다.

아기의 안전을 지켜주기 위해 나와 배우자는 앞

으로 얼마나 많은 노력을 해야 할까. 내 어린 시절의 심심함 저편에 부모님의 엄청난 노력이 있었다는 사실을 자꾸만 새로 깨닫는다. 나는 잘할 수 있을까. 어느 날 아기를 끌어올려 줄 안전하고 단단한 믿음으로 가득 찬 어린 시절 기억을 만들어주는 일을. 때로 위험한 순간을 마주해도, 발 딛고 서 있기 어려운 순간을 마주해도 어떻게든 앞으로 나아갈 수 있다는 사실을 함께 알아갈 수 있으면 좋겠다. 여전히 모르는 것이 너무 많다. 알아야 할 것도, 지켜야 할 것도 많은 나이가 되어버렸다. 그래도 도망치지 않으면서 살고 싶다. 부모님이 그랬던 것처럼.

듣는 사람

돌이 지나니 아기는
말로 표현하기를 시작했는데

누군가 서툴게 하는 말을 듣는 게
이렇게 좋은 일이었나 싶을 정도로 즐겁다.

오늘 과자 많이 먹었으니까 내일 먹자
알겠지? 사랑해
사아해
사랑해
사ㅡ해

열심히 귀 기울여 듣는 사람이 된다.
기쁘고 고맙다.

빵과 지도

식당이 팔렸다. 우리 부부는 9년 동안 식당을 운영하며 돈을 벌었다. 성공에 대한 기대가 크지 않았던 나는 졸업 후에도 돈을 벌 수 있는 일을 찾아 스스로를 먹여 살렸고 틈틈이 그림 그리는 일을 계속했다. 그러다 배우자를 만나 함께 식당을 운영하기 시작했다. 나와 배우자 둘 다 미술대학에서 순수미술을 전공했기 때문에 어느 한쪽이 안정적으로 돈을 벌 수 있으리라는 기대를 하지 않았고 덕분에 큰 고민 없이 자영업을 함께 시작할 수 있었다. 다행히 여덟 평 남짓한 작은 식당에서 남들이 회사에 다니는 만큼의 수입을 벌 수 있었다. 하지만 아기를 낳아 키우면서 새로운 가계 질서를 찾아야 한다는 결론을 내렸다. 식당 처분은 '새로운 질서'를 찾는 과정에서 벌어진 일이다.

식당을 열기 몇 년 전에는 아이들을 가르치는 일을 했다. 영등포 하자센터의 직업교육학교에서 폐지로 노트 만드는 법을 가르쳤다. 벌써 10년도 더 된 일이다. 수업이 있는 날에는 전쟁터에 나가는 군인처럼 비장한 마음이 되었다. 아이들은 마음을 열 때만 무해한 맹수 같았다. 아이들이 너무 예뻐 보일 때는 '내가 애들의 부모가 아니니까 이렇게 예뻐할 수 있는 거겠지' 싶었다. 그렇게 아이들을 예뻐한 날이면 가슴속에 에너지가 가득 들어찼다.

아이들을 만나러 집을 나서며 매번 용기를 내던, 내가 가진 말 중에 가장 좋은 것을 골라 건네던 어린 나를 기억한다. 매일 질서를 벗어나 무질서로 뛰어들던 시절, 그 시절 덕분에 사는 법을 조금 배웠다.

식당을 운영하면서는 시간과 마음의 여유를 잃었다. 그림 그릴 시간조차 넉넉지 않아서 식당에서 요리를 하거나 서빙을 하다가 틈이 나면 주방 안쪽 의자에서 짤막한 만화를 그렸다. 그렇게 그린 만화를 식당 홍보용 SNS에 올렸다가 두 권의 책을 쓰게 되었다. 귀여운 농담과 바꾼 새로운 세상이었다. 농담을 던지는 순간에도 어쩐지 사는 일의 팍팍함에 떨고 있었지만. 사는 일이 제멋대로 흘러가 버리는 것 같았다.

있던 곳으로 돌아가야 한다는 생각은 들지 않았다. 애초에 있어야 할 곳이 어디인지도 몰랐다. 시간이 좀 더 흐른 뒤에야 알았다. 모든 것은 변하고 이리저리 흐른다. 내가 가르쳤던 아이들은 이제 더 이상 아이들이 아닐 테지.

유리 슐레비츠의 그림책 《내가 만난 꿈의 지도》 속 주인공 소년이 자꾸만 떠오른다. 소년의 가족은 전쟁을 피해 중앙아시아로 피난을 떠나왔다. 매일같이 배고픈 나날을 보내던 어느 날 소년의 아빠가 빵 대신 지도를 사 온다. 소년은 아빠를 절대 용서하고 싶지 않다고 말한다. 빵 한 조각이 절실한 때 시장에서 빵이 아닌 세계지도를 사 온 아빠가 원망스럽다.

하지만 소년은 알록달록한 지도를 들여다보며 세계 곳곳을 여행하는 상상에 빠져 배고픔과 힘듦을 잊는다. 마지막에 소년은 말한다. 아빠가 옳았다고, 아빠를 용서했다고. 소년의 아버지는 빵을 사기에는 부족한 돈으로 세계지도를 샀다. 모든 아버지가 같은 선택을 하지는 않을 것이다. 다만 소년의 아버지는 그렇게 하는 사람이었다. 지도를 가지고 집에 돌아가 봤자 배고픔에 지친 아들의 원망만 들을 텐데도.

그 소년은 훗날 세계적인 그림책 작가가 된다. 사람은 무엇으로 성장하는 걸까? 어떤 용기로 자신을 틔워낼 씨앗을 제 안에 심는 걸까?

엄마의 몸 밖으로 꺼내진 내가 거대하고 완벽한 무질서 상태에서 질서와 규칙을 배워온 일을 떠올려본다. 나 역시 무해한 어린 맹수 같았을 테지. 보호받거나 스스로를 보호하거나 고통과 행복은 무질서와 질서 어디에나 존재한다. 그러나 나는 때때로 질서 속에서만 행복을 찾거나 무질서 속의 고통을 합당한 것으로 여기도록 강요받았다. 내가 태어난 세상에는 겁에 질린 사람들과 두려움을 떨쳐내려 애쓰는 사람들이 한데 섞여 살고 있었다. 아주 가끔 신의 축복을 받은 듯 두려움을 훌훌 털어내고 가뿐하게 나아가는 이들을 볼 수 있었다. 변하기를 두려워하지 않고 용감하게 흘러가는 사람들이었다.

하자센터에서 아이들을 가르치며 이 아이들이 앞으로도 무질서에서 질서를 알아가는 삶을 건강히 지속하기를 바랐다. 그런데 엄마가 되어보니 아이가 모르는 세상으로 나아가는 모습을 마음 편히 지켜보기란 쉬운 일이 아니라는 걸 깨달았다. 모든 부모가 쉽지 않은 매일을 보내고 있다는 걸, 나 역시 쉽지 않은 매일을 마주하고서야 깨닫는다.

언젠가 나의 미숙함 역시 질서 대신 무질서를 택하거나 마땅한 무질서 대신 질서를 택함으로써 아이를 당황스럽게 할 것이다. 꼭 나의 선택이 아니라도 피할 수 없는 어떤 거대한 흐름이 우리를 그렇게 만들지 모른다. 이제 전장에 나가는 용감한 병사는 온데간데없고 작고 약한 아기를 눈앞에 둔 겁 많은 사람만 남았는데 어쩌나 싶다. 그래서 나는 절망하는 대신 세계지도를 사서 씩씩하게 집으로 돌아간 소년의 아버지를 반복해서 떠올린다.

안정적 수입을 가져다주던 식당을 정리하며 우리에게 아직 용기가 있어 다행이라고 생각했다. 많은 순간 아이와 나는 얻지 못할 빵과 지도 사이에서 괴로워할 것이다. 나는 아이에게 빵 대신 지도를 건넬 수 있을까. 어린 맹수를 키우는 용감한 엄마가 될 수 있을까.

엄마 엄마

엄마
엄마
엄마
엄마

엄마
안아

ㅆㅏ

o

시도 때도 없이
엄마를 찾는다.
이것도 지금뿐이겠지.
이 짧은 시기를
즐겨야겠다.

혼나기와 혼내기

아기의 안전과 나의 정신 건강을 위해서 우리는 여전히 자석처럼 붙어 다닌다. 아기가 나에게 처음 안겼던 때 느꼈던 사랑을 기억한다. 이제 두 살이 다 된 아기는 그 사랑을 표현하기까지 한다. 아기의 자기표현은 커다란 기쁨과 동시에 새로운 고난을 선사했다. 사랑뿐 아니라 분노와 슬픔, 거절, 혼란 같은 감정까지 표현하기 시작했기 때문이다. 자신의 의지 역시 적극적으로 표현한다. 세상 모든 걸 새롭게 알아가는 중이라 모든 것을 시도하지만 판단력은 한없이 부족한 상태로. 얼마 전까지는 몸이 힘들어도 젖먹이를 예뻐하기만 하면 되었는데 이제는 아이를 가르치고 훈육해야 하는 때가 왔다.

공공장소에서 타인에게 불편을 주는 행동을 하는 아이를 두고 누군가는 그 부모와 훈육 방식을 평가한다는 사실을 몰랐다면, 육아가 조금 더 수월했을까? 조금은 덜 두려웠을까? 육아라는 강도 높은 육체적 정신적 노동을 하는 동시에 익명의 심판자들이 우글대는 심판대에 올라야 하는 지금의 현실이 좀 가혹하게 느껴진다.

그러다 종내에는 그만큼 인터넷을 들여다본 내가 싫어진다. 어차피 열심히 인터넷을 멀리해도 따가운 시선과 무신경한 말들은 도처에 즐비하다. 얼굴도 이름도 모르는 사람들이 '좋아서 낳아놓고 앓는 소리 한다'고 쉴 새 없이 쓴소리를 해댄다.

사회 구성원으로 존재하는 아기와 나를 생각하면 가끔 허탈한 마음이 든다. '아기를 달래지 않는' '아기를 통제하지 않고 내버려두는' 엄마가 되지 않으려고 그렇게나 노력해 왔는데 그 노력과는 상관없이 '폐를 끼칠' 일이 자꾸만 생긴다. 무섭게 으박지르거나 때리지 않고, 그러면서 스마트폰을 쥐여주지 않고 아기를 조용히 가만히 있게 하기란 정말 어렵다.

시간과 인내심과 노력을 엄청나게 들여야 한다. 여기는 '빨리빨리'의 나라인데…

나 역시 아기를 키우면서 몇 가지 일들을 겪었고 그 상황과 느낀 바를 썼다 지우기를 반복했다. 장소나 인물을 특정하지 않고 싶었다. 어느 날은 누군가에게 '아기라도 몇 번 알아듣게 얘기하면 알아듣는다'는 조언을 들었다. 공포와 기쁨, 좌절과 슬픔, 행복과 만족, 불만… 아직은 동물처럼 감정을 읽는 아기가 그때 내가 느낀 좌절감도 읽었을까? 그럼에도 아기는 자기 하고 싶은 대로 한다. 그게 아기다.

아기와 엄마를 환영하지 않는 분위기를 어떻게 받아들이고 씩씩해져야 할지 고민하는 날이 많다. 아기와 공공시설 이곳저곳을 이용할 때마다 눈치를 보고 필요 이상으로 주위를 살피느라 어딘가로 외출할 때마다 진이 빠지는 경험을 한다. 얼마나 많은 곳에서 얼마나 자주 얼마나 많은 아기 엄마들이 '혼나고' 있을지 궁금해지기도 한다. 하루는 속상한 마음에 아기를 키우는 친구에게 전화를 걸어 하소연을 했더니 "아, 혼나는 기분? 완전 잘 알지" 하고 맞장구를 쳐주어서 반가우면서도 씁쓸했다. 이런 기분을 아는 사람이 또 있다니 좋아할 일이 아니었다. 얼마나 많은 아기 엄마가 주변에 피해를 주고 있을지, 얼마나 많은 사람들이 아기와 아기 엄마 때문에 피해를 받고 있을지, 이런 생각을 하면 슬퍼진다. 서로의 존재만으로도 힘들어지는 이 상황이 슬프다.

내가 말을 떼기도 전인 어린 시절의 기억이 있다. 말을 못 하던 때니 세 살이 채 되지 않았을 것이다. 나는 외삼촌들과 낚시하러 갔다가 저녁 늦게 돌아온 아빠가 반가워 마당으로 달려나갔다. 마당 한쪽에는 아빠와 외삼촌들이 잡아 온 물고기가 가득 담긴 양동이가 있었다. 어설픈 몸짓으로 아빠에게 안아달라고 다가가던 나는 그만 그 양동이를 넘어뜨리고 말았다. 물과 물고기가 바닥으로 와르르 쏟아졌다. 그것만으로도 깜짝 놀랐는데 그 순간 아빠가 내 따귀를 있는 힘껏 때렸다. 눈앞에 별이 번쩍번쩍했다.

아직 말도 제대로 하지 못하는 아이의 뺨을 때리

는 성인 남성이 있다. 예로부터 지금까지 언제나 있어왔다. 나는 아픈 걸 아프다고 말하지도 못할 만큼 어렸다. 나는 그 뒤로 기절 직전까지 울다가 까무러치듯 잠들었다고 한다. 그러고 나서는 공포에 질린 채로 잠에서 깼다.

어쩌면 당신도 뺨을 맞으며 자랐을지 모를 아빠는, 저지레한 자녀를 호되게 훈육하는 모습을 모두 앞에서 보여주는 것이 도리라고 생각했을지도 모른다. 1990년대였다. 아이가 흔했고 애들을 귀찮아하는 어른이 많았다. 아이들을 윽박지르고 때려서라도 훈육하던 때였다. 하지만 무엇이 남았나. 공포가 남았다. 가장 사랑하고 신뢰하는 사람으로부터 가해지는 예고 없는 폭력. 그런 폭력을 몇 번 겪고 나면 세상이 못 믿을 곳이 된다. 그렇게 강력한 훈육을 받았어도 어차피 나는 계속해서 크고 작은 말썽을 부리는 아이로 자랄 터였다.

모든 생명은 연결되어 있다. 타인의 고통과 내 고통이 서로의 생을 갉아먹는다는 사실을 알고 나면 서로의 고통에 무감해지기 어렵다. 타인의 고통을 살피는 일은 곧 자신의 고통을 살피는 일이다. 몰이해와 배척의 끝에는 공포만 남는다. 공포가 만연한 세상에서 아기를 낳고 싶지 않은 여성들의 공포 역시 병처럼 퍼져 있다.

다정한 사람이 더 많이 필요하다. 한 사람의 세상을 온전하고 건강하게 만들기 위해서는 기나긴 시간과 품이 필요하다. 다정한 마음은 상상력과 체력에서 나온다. 어린이들이 하나같이 다정한 이유다. 어른이 되면서 상상력도 체력도 잃고 다정함과도 멀어지게 되지만 아이들을 키우는 데는 다정함이 필요하다. 어른이 되어서도 어떻게든 자신의 다정함을 지켜낸 사람들이 다시 아이들의 다정한 세계를 지켜주는 풍경을 본다.

아는 대로만 살고 싶지 않다. 공포나 폭력 같은 건, 타인에게 알려주지 않아도 된다. 때로는 선택조차 할 수 없는 순간도 있지만 선택할 기회도 충분히 있다. 아는 대로 사는 사람으로만 살지 않을 기회가 내게 있다.

에필로그: 아기의 일

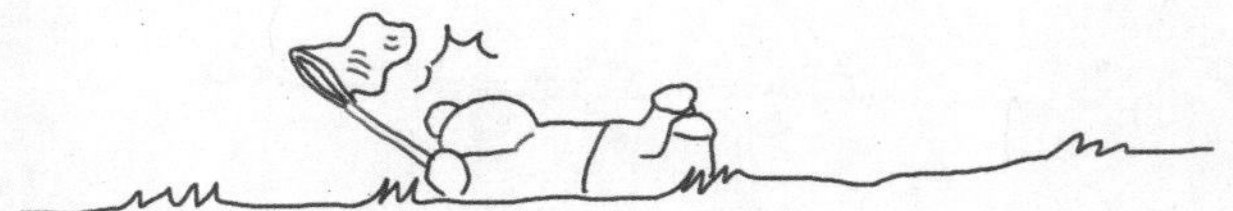